命をつないだ路面電車

テア・ランノ
関口英子 山下愛純 訳

小学館

命をつないだ路面電車

罪なき肉体が
力ずくで
列車におしこまれ
死へとむかう旅に出る
手も、瞳《ひとみ》も、夢も
ガス室で殺され
生きた皮膚《ひふ》をまとった
骨《ほね》となり
すでに死んでいる、
そのときひとりの男の子が
逃《に》げだした
殺人者たちの手から
逃《のが》れて、
男の子が
ひとり、
一両の路面電車で
たったひとり
命をつなぐ旅に出る

T. R.

わたしの名前はエマヌエーレ・ディ・ポルト。九十一歳《さい》です。一九四三年十月十六日の朝、ローマのゲットー地区（ユダヤ人居住区域《くいき》）のユダヤ人を一掃《いっそう》するために突入《とつにゅう》してきたナチスの親衛隊によって、母はとらわれ、軍用トラックに乗せられました。わたしは、母を助けようと急いで通りに出ましたが、反対に母のおかげで命を救われたのでした。

わたしは、自分の身に起こった出来事を七十年以上も語りつづけてきましたが、みんなが熱心に耳をかたむけてくれるようになったのは最近のことです。いまでは、道でわたしを見かけ、「路面電車の子ですね」と話しかけてくれる人も少なくありません。けれども、わたしには「子ども」でいられた時期はありませんでした。あのころは社会全体がひどく貧しく、どの子も急いで成長し、家族の手助けをしなくてはなりませんでした。ですから、わたしには「子ども」時代はありません。「おじいちゃん」になることもないでしょう。わたしの心のなかでは、あのころのまま時間が止まっているようなのです。

この本で語られているわたしの物語には、実際にあったとおりに書かれた部分もあれば、テア（わたしの経験を、こうして本にしてくれた人です）が想像をふくらませて書いた部分もあります。昔の出来事を、このような生き生きとした物語としてよみがえらせるには、想像力も必要なのです。

どうぞ最後までじっくりお読みください。

エマヌエーレ・ディ・ポルト

1

夜の暗やみのなか、ぼくはおそろしい銃声《じゅうせい》で目が覚めた。目を開けてみたけれど、なにが起こっているのかよくわからない。先に起きだしていた母さんが、窓辺《まどべ》にかけよる。

「ドイツ兵が来たの？」

となりのベッドで寝《ね》ているベッタ姉さんの声がする。

母さんは答えない。なにが起きているのか確かめようと、表の通りを見ている。だけど、レジネッラ通りにはだれもいない。母さんは、窓《まど》の板戸をめいっぱいひらき、レジネッラ通りのおくの、とりわけ〈オクタヴィアの柱廊《ちゅうろう》〉遺跡《いせき》に続く通りのほうをよく見ようとして、身を乗りだした。降《ふ》りしきる雨にぬれた母さんの髪《かみ》が、ランプの明かりを反射《はんしゃ》して、無数の小さな花火のようにきらきらと光る。きれいだな、とぼくは母さんに見とれた。

「ドイツ兵なの？」

ベッタ姉さんがくりかえしたずねる。いちばん上のベッタ姉さんは、いつも母親のようにふるまうんだ。

「いいえ、だれもいないみたい」と、母さん。

そのとき、またしても銃声《じゅうせい》が静けさを引きさいた。パパパパンという短い連続音は爆《ばく》竹《ちく》みたいだけど、いまは戦争中だから、爆竹《ばくちく》で遊ぶ人なんていないはずだ。

母さんは体をひっこめて、板戸を閉《し》めた。

「遠くのほうから聞こえるようね」と、つぶやいて、つけくわえる。「心配しなくてだいじょうぶ」

たしかに、音はテヴェレ川のほうから聞こえてくるようだ。

「きっと、だれかがよっぱらって、射撃《しゃげき》の練習でもしているんでしょう」

冗談《じょうだん》めかして言っているけど、声がふるえている。

「さあ、まだ早いわ、もう少し寝《ね》なさい」

そう言って、母さんはぼくといっしょに寝《ね》ている兄さんのそばを通りすぎる。そのとき、兄さんが小さくうめいた。

「苦しいの？」

心配そうにたずねる母さん。

ナンド兄さんは、なにも答えずに母さんをじっと見る。

母さんが、熱をはかるみたいにして兄さんのおでこに手を当てているけど、熱はない。

なでているだけなんだ。

「あとで病院に行きましょうね」

本当は、ほかに言いたい言葉があるにちがいない（母さんが下唇《したくちびる》をかんだからわかる）。たぶん兄さんをだきあげて、赤ちゃんみたいにゆすってやりたいんだろうけど、そうはしない。ナンド兄さんはもう十四歳《さい》で、大人に近い体つきだから、だきあげるなんてとても無理だ。でも、病気にかかってからというもの、兄さんはまるで子どものようになってしまった。母さんは、もう一度兄さんのおでこをなでると、「病院に行って、いたみが楽になる薬をもらってこようね」と言った。

ぼくだって、母さんにおでこをなでてもらいたいし、あんなふうに気にかけてもらいたい。「わたしのかわいい子」って言ってほしいし、ぎゅっとだきしめて、特別な存在《そんざい》なんだって思わせてほしい。でも、神様のおかげで健康な体に生まれついたぼくは、そんなふうにはしてもらえない。いっぽう、ナンド兄さんは病気がちで、このところずいぶん具合が悪そうだ。母さんは、兄さんのことでいつも心をいためている。

ある日のこと、兄さんが手ぬぐいのように青白く、アイスキャンディーみたいに冷たくなって家に運びこまれた。母さんは、兄さんをベッドに横たえると、ありったけの毛布をかけ、血の気がもどるまで足や腕《うで》をマッサージしつづけていた。ナンド兄さんが病気になってからというもの、元気なぼくたちは、まるで透明人間《とうめいにんげん》になったみたい。母さんの目には入らないんだ。母さんはときどき、ぼんやりとした目つきで兄さんを見つめている。そんなときはきっと、どうしたら健康な体に仕立て直してやれるか、考えているんだろう。母さんは裁縫《さいほう》が得意で、つぎあてなんて、どこを直したのかわからなくなるほどだ。ミシンの針《はり》の下に布をおくと、まちがいなく完ぺきなズボンのすそがぬいあがる。

母さんがまた窓《まど》のそばに行った。あいかわらず聞こえてくる銃声《じゅうせい》が、ユダヤ人ばかり住んでいるゲットー地区のまわりをぐるりと取り囲む。恐怖《きょうふ》のなかにぼくたちを閉《と》じこめる檻《おり》。「殺されたくなければ家から出るな」と言っているようだ。

ぼくは毛布をかぶってちぢこまる。いまはまだすごしやすい十月だから、寒いわけじゃない。心臓《しんぞう》が、のどから飛びだしそうなくらいばくばくと音を立てているからだ。

気をまぎらわせようとして、昨日の午後に観《み》た映画《えいが》のことを考えはじめる。いつかまたみんなで映画館《えいがかん》に行けたらいいな。

映画《えいが》のなかで主人公役の歌手が歌いはじめると、母さんも小声でいっしょに歌っていた。母さんは映画《えいが》が大好きなんだ。映画《えいが》という架空《かくう》の世界のなかでなら、おそろしい思いをする心配はないし、観ているあいだは幸せな時間がすごせるもの。ぼくたち家族は、わずかばかりのお金がたまると、ジェズ広場にある〈チェントラーレ座《ざ》〉へ行って、心配ごとなんて忘《わす》れて午後をすごす。

「いいか、ちゃんと二回観《み》てくるんだぞ！」と、映画館《えいがかん》には来ない父さんに見送られると、母さんは、どんなときでもにっこりうなずくんだ。ぼくも母さんとおなじで、あまり落ちこまない性格だ。戦争中で、ぼくたちは貧しく、いつだっておなかをすかせている。問題を数えはじめたら切りがないけど、だからといってしょんぼりしてばかりもいられない。ひとつでもいいことがあったら、それをしっかりつかんで離《はな》さない。そうやって生きていくほうがいいに決まっている。ぼくのモットーは「自分の身は自分で守れ」だ。空想は、自分の身を守るために役に立つ。いつだって逃《に》げ道を見つけてくれるからね。

ゆうべ、映画《えいが》を観《み》て家に帰ったあと、母さんは最高においしいチーズとコショウのスパゲッティを料理しながら、また歌を口ずさんでいた。ぼくは、ドアのかげからこっそり母さんのことを見て、この世でだれよりもきれいだと思った。軽く目にかかる前髪《まえがみ》も、うなじのあたりでまとめてヘアピンでとめた長い髪《かみ》も。いつだったか、髪《かみ》を男の子みたいなショートカットにしたときも、きれいだった。でも、ぼくたちきょうだいは、父さんが新しい髪型《かみがた》の母さんを見たらかんかんに怒《おこ》るにちがいないと思って、ふるえあがったものだ。父さんは、おしゃれをしたり、流行の髪型《かみがた》にしたりしている女の人がきらいだったから。

なのに父さんは、母さんの髪型《かみがた》が変わったことに気づきもしなかったんだ。

母さんはチーズをけずりながら歌っていたけれど、ほかのみんなが台所に入ってきたものだから、すぐに歌うのをやめてしまった。いまは戦争中だから、楽しそうに歌うのはよくないらしい。

ぼくが昨日のことをあれこれ思いだしているあいだに、さっきまでだれもいなかったレジネッラ通りが人であふれ返っている。石畳《いしだたみ》にひびく軍靴《ぐんか》の音、銃床《じゅうしょう》でドアをたたく音、ドイツ語で命令する、ほえるような声が聞こえてくる。

「たいへん、男の人たちを連れていこうとしてるんだわ」

母さんは悲鳴に近い声をあげたあと、あわてて声をひそめた。

「テルミニ駅に行ってくる。お父さんに、帰ってきちゃダメって伝えなくちゃ。ここは危《き》険《けん》すぎる。姿《すがた》を見せたら、すぐにつかまってしまう」

そのとおりだった。危険《きけん》は、巣穴《すあな》からひょっこり顔を出したオオカミのように、とつぜんその姿《すがた》をあらわした。さっきまでの静けさは、わなだったんだ。

「お父さんのところへ行ってくるわね。すぐにもどる」

母さんは大急ぎで上着をはおった。

「あなたたちはここで待っていてちょうだい。いいわね？　どこにも行かないで！」

「いっしょに行こうか？」

ぼくは思いきってたずねた。もう大きいんだ、なにかあったら、ぼくが母さんを守らないと。

でも、そのとき母さんはすでに、おじさん一家が寝泊《ねと》まりしているとなりの部屋を通りぬけ、玄関《げんかん》のドアノブに手をかけていた。そして戸を開けて外に出ると、バタンという音を立てて閉《し》めた。ぼくはその音にふるえあがる。通りにいるナチスの親衛隊に聞こえたらたいへんだ。母さんがアパートの階段《かいだん》をかけおりる音が聞こえるような気がするけれど、きっと空耳だ。壁《かべ》は厚いし、母さんは軽やかに歩く人だから、足音なんてするわけない。

ぼくは窓《まど》のそばへ行って、外のようすをうかがった。

あいかわらず雨が降《ふ》っている。レジネッラ通りはほとんど真っ暗で、わずかにともっている街灯だけでは通りを照らすには足りないし、道はぬれて、すべりやすくなっている。

セッティミアさんの家の前に兵士たちが立っていて、手になにやら書類を持っているのが見えた。

「リストだ！」

そうわかったとたん、激《はげ》しい怒《いか》りがこみあげた。

何週間か前のこと、ナチス・ドイツは、ローマのゲットー地区に住むぼくたちユダヤ人に、五十キログラム分の金《きん》を差しだすように求めてきた。それに応じるならば、ぼくたちには手出しをしないという、いわば保証金のようなものだ。そのとき、ローマでナチスの親衛隊を指揮《しき》しているカプラー中佐が、こう言ったんだ。

「もし金《きん》を供出《きょうしゅつ》できなければ、二百人の家長（すでにリストに名前が記されていた）をドイツに連行してロシアの前線に送りこみ、死ぬまで戦わせるぞ」って。

一日で五十キロもの金《きん》を集めるなんて、無理に決まってる！　だれもが貧しい暮《く》らしをしているのに、どこにそんなたくさんの富《とみ》があるっていうんだ？　それでも、みんなで必死になってかき集めた。ネックレスにブレスレット、指輪……。カトリック信徒の人たちもたくさん協力してくれた。命が惜《お》しかったら金《きん》を差しだせなんて、そんなの人間のすることじゃないと言って。最終的に、ぼくたちゲットー地区の住人は、言われたとおりの量の金《きん》をなんとかかき集めて、供出《きょうしゅつ》したんだ。なのに、今度はなにをしろっていうんだ？

母さんがアパートの玄関《げんかん》から通りに出た。建物の壁《かべ》すれすれのところを、暗やみにまぎれて歩いていく。さすが母さんだ。まるで影《かげ》みたいで、だれにも気づかれない。ぼくは母さんの姿《すがた》を目で追っているだけで心臓《しんぞう》がどきどきした。

〈亀《かめ》の噴水《ふんすい》〉のある広場は、ドイツ兵だらけだ。なかには手に書類を持っている人もいる。

それ以外の兵士たちは、手に持った銃《じゅう》で、通りに引きずりだされた人たちをおどしている。住人たちはおどろいて、なにが起こっているのか説明を求めている。

「われわれをどうしようというんだね？　つかまえられるようなことは、なにもしていない。いったいなにを……」

兵士たちは答えようとしない。人々《ひとびと》をこづいたり引きずったりしながら、ジェスチャーで、「急げ！　ぐずぐずするな！」と、とまっているトラックのほうへとせきたてる。ぼくのいるところからもトラックの荷台の一部が見えた。そのあいだにも、別の兵士たちが、手に持ったこん棒《ぼう》で家々《いえいえ》の窓《まど》ガラスをたたきわり、ドアをつきやぶり、板戸をこじあけていく。

建物の上を移動する人影《ひとかげ》が見えた。屋根づたいに逃《に》げようとしているのだろう。別の場所では、女の人がふたり、窓《まど》から庭に飛びおりた。いったいなにを考えているんだ？　あんなところから飛びおりたら、死んじゃうぞ。

母さんはいつもとおなじように、遅《おそ》すぎもせず、速すぎもせず、歩いていく。さいわい、だれにも気づかれていないみたいだ。母さんがアルジェンティーナ劇場《げきじょう》へと続く道までたどり着くのを見届《みとど》けると、ぼくはようやく息をついた。

「着がえるわよ」と、ベッタ姉さん。

暗がりのなか、ぼくたちきょうだいは姉さんの言うとおりにする。姉さんは末っ子のジェンマにも着がえをさせた。ジェンマは幼《おさな》いながらに、いまが緊《きん》急《きゅう》事態だとわかるらしく、おとなしくしている。ぼくは、うす手のセーターを着て、半ズボンと靴下《くつした》をはいた。こごえるような寒さの日には、半ズボンだと足がむらさき色になるけど、ぼくはへいちゃらだ。

「わたしたちをどこへ連れていくつもり？」

女の人のどなり声が聞こえてくる。

ぼくは急いで窓《まど》にかけよる。赤ちゃんをだいた若《わか》い女の人だ。外が暗くて、だれかはわからないけど、両足をふんばり、歩くまいと抵抗《ていこう》している。だけど、兵士に思いきりつき飛ばされて、女の人は転んでしまった。赤ちゃんが火のついたように泣きだす。兵士は赤ちゃんの首をつかみ、壁《かべ》にたたきつけようとした。女の人はもうぜんと立ちあがり、赤ちゃんをうばいかえす。

「だいじょうぶよ、ほら、いい子ね。静かにしましょうね……」

通りはさわがしくなるいっぽうで、みんな口々《くちぐち》に質問している。でも兵士たちはドイツ語しか話さないし、人々《ひとびと》が命令どおりに動かないので、腹《はら》を立てている。すると、パジャマ姿《すがた》の男の人が通訳《つうやく》を始めた。

「彼《かれ》らはこう言っています。男たちには収容所《しゅうようじょ》で働いてもらい、女たちには家の掃除《そうじ》をしてもらう。年よりや病人も連れていく。収容所《しゅうようじょ》には医務室があるから、治療《ちりょう》も受けられる……」

そこでいったんだまり、将校《しょうこう》の言葉の続きをしばらく聞いてから、また訳《やく》しはじめた。

「これは一時的な措置《そち》だ。ドイツ軍が戦争で勝利をおさめれば、また元の生活にもどれる。そう言っています」

だれもがその言葉を信じるしかなかった。

ぼくの家はドアをつきやぶられていないし、荷物をまとめて外に出ろと言う人も来ない。

「きっと、うちはリストにのってないんだ」

ぼくは小声でつぶやく。

ベッタ姉さんも窓《まど》のところに来た。いっしょに表の通りをうかがいながら、消え入りそうな声で言った。

「そうかもしれないけど、とにかく、お母さんが帰ってきたらすぐに逃《に》げましょう」

ほかのきょうだいはベッドにもどった。ベッタ姉さんは、ジェンマの横でそい寝《ね》をしている。ぼくは板戸のかげにかくれて外を見ながら、頭のなかで母さんの歩いた道をたどる。〈亀《かめ》の噴水《ふんすい》〉広場からパガーニカ通りをぬけて、アルジェンティーナ劇場《げきじょう》に着いたはず。

そこからバスに乗ってテルミニ駅まで行く。

「MB《エンメビー》に乗るのよ。覚えておいてね」

ぼくが初めてひとりでテルミニ駅に行くことになったとき、母さんはそう教えてくれた。

「いい？　バスの正面についている表示を見るの。MB《エンメビー》って書いてあるでしょ。マカオ＝ボルゴ線という意味よ」

MB《エンメビー》がマカオ＝ボルゴの略だということも、そのバスがテルミニ駅を通ってバチカンまで行くことも、ぼくはすぐに覚えた。

時間ばかりがすぎていき、母さんはいつまで待ってももどってこない。もしかしたら、ドイツ兵が大勢いる〈亀《かめ》の噴水《ふんすい》〉広場をよけて、少し遠まわりだけど、〈オクタヴィアの柱廊《ちゅうろう》〉遺跡《いせき》のほうから帰ってくるのかもしれない。ぼくはできるだけ遠くを見ようと、思いきり背伸《せの》びをした。だけど、ドイツ兵と、整列して歩かされている大勢の人たちの姿《すがた》しか見えない。

たんすの上の時計の針《はり》は五時二十五分を指している。外はまだ暗くて雨も降《ふ》りやまず、ぬれて街灯を反射《はんしゃ》する兵士たちのヘルメットのあいだから、「ママ！」と泣きさけぶ子どもたちの声がひびく。その声に兵士はいらつき、ますます大きな声でどなりちらす。

まるで悪夢のなかにいるみたいだ。つい昨日まで、ドイツ軍は約束を守ってくれるから、ぼくたちは安全だと信じていた。なのに、こんなことになるなんて……。

もうなにを信じたらいいのかわからない。

今日は土曜日だけど、父さんが仕事に行っていて本当によかった。

ぼくたちユダヤ人にとって、土曜日は安息の日だから、ふつうは仕事が休みで、みんな家にいる。きっと、ナチスの親衛隊はそれをねらってやってきたんだ。父さんは、「神様の言いつけにしたがって安息日《あんそくび》を守ることも大切だ。だが、空腹《くうふく》をかかえた家族のために、安息日に働いてパンとおかずを買うためのお金をかせいだとしても、神様は怒《おこ》らないだろう」って言っていた。

父さんは露天商《ろてんしょう》をしている。駅で、軍の輸送列車に乗ってローマの駅に到着《とうちゃく》するドイツ兵や、戦場からもどってくる兵隊さんたちを相手に、おみやげを売っている。絵はがき、くし、財布、キーホルダー……。兵隊さんを乗せた列車はたいてい夜中に到着《とうちゃく》するから、父さんは夜中に駅へ行き、お昼ごろに帰ってくる。母さんはいつも窓辺《まどべ》で帰りを待っていて、通りから父さんが、「今日は一リラ[*1]もかせげなかった」というジェスチャーをすると、食卓《しょくたく》に並《なら》べるものを買うために、ご近所さんにお金を借りに行くんだ。

この地区では、せめてお昼だけでもなにか食べようと、だれもがそうやってやりくりしている。それでも、ジャガイモ一個かパンひと切れだけのときもあるし、おなかをすかせたままベッドに入ることもしょっちゅうだ。なにがいちばんつらいかって、この家では三家族がいっしょに暮《く》らしているから、夜ごはんを食べられる家族と食べられない家族が出る日もあるってことだ。たとえ食事にありつけても、そばで指をくわえて見ている人たちがいると、ちっとも食べた気がしない。こんなつらい思いをさせられるのも、戦争と、戦争がもたらす貧しさのせいだ。

今朝、父さんはいつものとおり、夜中の三時に起きだした。父さんがベルトを床《ゆか》に落とした音で、ぼくは目を覚ました。

「もう少し寝《ね》るんだ、エマヌエーレ。まだ真夜中だぞ」と、父さんは言った。

板戸のすきまからもれるわずかな明かりのなか、父さんがズボンをはいてシャツを着るのをぼくは見ていた。それから父さんは、洗面器《せんめんき》にためてある水で顔を洗《あら》い、つばのある帽子《ぼうし》をつかむと、母さんに言った。

「ジノッタ、行ってくる」

子どもたちを起こさないように、小さな声で。とくにいちばん下のジェンマは、いったん泣きだすとなかなか泣きやまないからたいへんなんだ。母さんの名前はヴィルジニア。名字はピアッツァだ。みんなからは「ジノッタ」という愛称《あいしょう》で呼《よ》ばれている。

父さんが出かけたあとも、ぼくはなかなか寝《ね》つけなかった。べつに外がさわがしかったからじゃない。夜中の三時にはまだ銃《じゅう》を撃《う》つ親衛隊もいなかったし、表の通りは寝《ね》静《しず》まり、ひっそりとしていた。いつもとまったく変わらない夜だった。ぼくは、午後に観《み》た映《えい》画《が》や挿入歌《そうにゅうか》の歌詞《かし》を思いだしながら、大好きなエステルとふたりきりで暗がりにいるところを空想していた。でも、本当はそんなこと考えないほうがいいんだ。だって、エステルの家はお金持ちで、ぼくの家は貧しいんだもの。お金持ちと貧乏人《びんぼうにん》では、うまくいきっこないって、母さんがいつも言っている。だけど、空想の世界でならなんでもありだから、ぼくはエステルと手をつなぎ、いっしょにかくれる場所を探《さが》して歩いているところを想像した。

1　イタリアで二〇〇二年まで使用されていた通貨

2

ぼくはまだ、母さんの帰りを待って、窓《まど》の板戸のすきまから外をのぞいている。表の通りは大勢の人でごった返している。母さんがあまり人のいないうちに出かけられて、本当によかった。空はあいかわらずうす暗く、降《ふ》りしきる雨のせいで、地面がひとつの大きな水たまりのようになっている。兵士たちの軍靴《ぐんか》にはねあげられた泥水《どろみず》が、ベッドから引きずりだされて逃《に》げまどう人たちの服に飛びちる。

「ママ、どこ?」

ジェンマがぐずりはじめた。ベッタ姉さんはジェンマをだきしめる。

「もうすぐ帰ってくるからね」

「いつ?」

「『気をつけてね』ってお父さんに言ったらすぐ」

「いつ?」と、しつこくジェンマが聞く。

「もうすぐよ」

ジェンマは指に髪《かみ》の毛を巻《ま》きつけて、また泣きはじめた。姉さんがパンの耳をわたす。

「さあ、これを食べて」

部屋は静かになったけど、通りのさわぎは大きくなるいっぽうだ。ぼくはもう一度、広場のほうを見ようとする。すると、ベッタ姉さんに注意された。

「顔を出さないの！　見つかるでしょ」

「だいじょうぶだよ、板戸があるから」と、ぼくは答えた。

母さん、早く帰ってこないかな。母さんにも、安全なこの家にいっしょにいてほしい。

兵士が大声で名前を読みあげている。学校で出席をとる先生みたいだ。ただし、ここで名前を呼《よ》ばれた人は、おそろしさに血がこおりつき、ふるえあがる。

ナチス・ドイツはリストを持っていて、そこに名前が書かれているユダヤ人の家族は無理やり連れていかれる、といううわさが何日か前にゲットー地区で流れたとき、ぼくは信じなかった。そんなのくだらないうわさ話で、ぼくたちをこわがらせるために言っているだけだと思ってたんだ。なのに、本当にリストがあったなんて！

父さんが駅でしているように、ぼくもときどきドイツ兵相手に、くしとか、財布とか、ゴムひもとかを売って、家族のためにわずかばかりのお金をかせいでいる。だから、ドイツ兵だからといって、みんながみんな悪い人というわけじゃないこともわかっている。なかには、代金といっしょに丸パンや肉の缶《かん》づめをくれるお客さんもいるし、通りかかるたびに、にこにこ笑いながら、必要もないのにゴムひもを買ってくれる人もいる。それもあって、そんなうわさは信じられずにいた。

ところが、九月八日にイタリア王国が連合国[*1]と休戦協定を結んでからというもの、ドイツとの関係ががらりと変わってしまった。イタリアはドイツにとっての敵《てき》となり、なかでもぼくたちユダヤ人は、目の敵《かたき》にされた。もしおばあちゃんが生きてたら、これもみんな迫害《はくがい》されつづけてきたユダヤ人の宿命なんだよ、と言うにちがいない。でも、ぼくはそんな宿命から解放されたかった。迫害《はくがい》されるなんてまっぴらごめんだし、カトリック信徒ではない、というだけの理由で、ほかのイタリア人とちがうあつかいをするのもやめてほしい。

それにしても、母さんはずいぶん帰りが遅《おそ》いなあ。雨のことなんてまったく気にしてなかったみたいで、かさを持たずに出かけたから、きっといまごろびしょぬれだ。肺炎《はいえん》にでもなったらどうしよう。

外に出て、母さんを探《さが》しに行こうかな……。

いや、やめておこう。家から出ないように言われたんだった。「ここで待ってなさい」って。それに、いま家を守っているのは、このぼくだ。父さんは留守だし、病気のナンド兄さんにはたよれない。ぼくはまだ十二歳《さい》だけど、六歳《さい》のときから家族のためにパンを買うお金をかせぐ手伝いをしてきたんだ。

親衛隊員は、トランクを持った人たちを広場に集め、乱暴《らんぼう》に腕《うで》をつかんでは、トラックの荷台に乗せていく。男の人だけじゃなく、女の人や子どもたちも乗せられているし、お年よりだってまじっている。あんなに年をとった人たちを収容所《しゅうようじょ》に連れていって、どんな仕事をさせるつもりなんだろう。つえを持つのもやっとの人に、鍬《くわ》を持たせて働かせるなんて、むちゃな話だ。家においていったほうがいいに決まってる。

「みんな連れていかれちゃう」

ベッタ姉さんが目を見ひらき、ぼくの耳もとでささやく。

すると、ベッドでひとりにされたジェンマがまた泣きだした。

「ジェンマのそばにいてあげて」と、ぼく。

心臓《しんぞう》の鼓動《こどう》が、ほかの音をすべてかき消してしまいそうなほど大きくなる。母さんがどこかに行ってしまった。もしかすると、いまはあぶないから帰ってこないことにしたのかもしれない。いっしょにテスタッチョ地区へ逃《に》げるよう、父さんに言われたのかな。この家にはおじさんたち家族もいるから、父さんも母さんも、ぼくたちきょうだいはだいじょうぶだと思っているはずだもの。たしかに、いま本当に危険《きけん》にさらされているのは、外にいる父さんと母さんだ。母さんは、父さんといっしょにテスタッチョ地区の親戚《しんせき》の家に逃《に》げたほうが安全だ。

「わたしたちも逃《に》げる？」と、ベッタ姉さんがたずねた。

「ダメだよ。母さんが『ここにいて』って言ってただろ？　家で待ってなさいって」

雨足《あまあし》が強くなり、石畳《いしだたみ》がぬれてすべりやすくなっている。小さいころ、足をすべらせて転び、ひどい目にあったことがある。今日みたいに雨がざあざあ降《ふ》るなか、水飲み場まで水をくみに行ったときのことだ。持っていたビンがわれて、ぼくは腕《うで》の内側をわきの下からひじまで切る大けがをした。それで大急ぎで病院に連れていかれ、傷《きず》をぬってもらったんだ。病院はまるでグランドホテルみたいだった。清潔なベッドに、暖《あたた》かい部屋、食べものや飲みもの……。まるで夢のなかにいるみたいだな、なんて思ったっけ。

二日後、「退院《たいいん》ですよ」と看護師《かんごし》さんに言われたときには、ちょっとがっかりしたくらいだ。あのとき母さんは、ものすごく心配して、ぼくにつきっきりだった。ちょうどいまナンド兄さんにつきっきりなのとおなじように。ただし、ナンド兄さんの病気は治らないから、母さんの心配も一生続く。そして、ぼくたちきょうだいは兄さんに対して、自分たちだけが元気に遊べることを申しわけなく思いつづけるんだ。

ほかの部屋からは、物音も話し声も聞こえてこない。この家にはぜんぶで十八人いるはずなのに、ため息ひとつしない。恐怖《きょうふ》がみんなの口をふさいでいる。もしかしたら、ものすごく小さな声で話していて、ぼくたちの部屋まで聞こえてこないだけなのかもしれないけれど。


窓《まど》から外を見ながら母さんの帰りを待つのは不安でたまらなかった。少しも時間がすぎていかないいんだ。前に、真っ暗になるまで外で遊んでいて、母さんにものすごいけんまくでしかられたのを思いだす。夜中まで遊んでいたわけでもないのに、どうしてそんなに怒《おこ》られるのかわからなかった。

「二時間も待ってたのよ！」

母さんはおそろしい声で言った。あのときは、二時間なんてたいしたことないと思ったけど、いまのぼくには一分が百年にも思え、母さんの気持ちもいたいほど理解できる。

通りの状況《じょうきょう》はひどくなるばかりだ。おそらく上官たちがやってきたせいなのだろう。ドイツ兵はしっかり働いているところを見せようと、ますます大声をはりあげ、銃床《じゅうしょう》でこづいて住人をせきたてる。通りのあちこちに、紙切れやわれたお皿、ここからだとなにかよくわからないけど人形のようなもの、こわれたかさなどが落ちている。雨が水たまりをたたきつけるように降《ふ》っている。ぼくはかさを持っていない母さんのことが心配でたまらなかった。早く帰ってきて体をふかないと、肺炎《はいえん》になる。

「エマヌエーレ、お母さん見えた？」と、ベッタ姉さん。

ぼくは、まだだというように首を横にふってみせ、少し身を乗りだした。すると、いきなり母さんの姿《すがた》がぼくの目に飛びこんできた。

「帰ってきた！」

うれしくて心臓《しんぞう》がのどから飛びだしそうだ。母さん、気をつけて。あぶないよ！

母さんは、市場で買い物をしてきたとでもいうように、ふだんと変わらずに歩いている。広場をぬけ、レジネッラ通りの交差点までたどり着き、そのままこっちへ歩いてこようとした。そのとき、ひとりの兵士が母さんの前に立ちふさがり、腕《うで》をつかんだ。母さんはその手をふりはらおうと抵抗《ていこう》したが、力の差がありすぎて、トラックのほうに引きずられていく。

「母さん！　母さーんっ！」

ぼくは、引きとめようとする姉さんの手をふりほどき、家から飛びだした。全速力で階《かい》段《だん》をかけおり、何人もの人にぶつかりながら、トラックのそばまでかけよった。

トラックの荷台に乗せられた母さんは、兵士に監視《かんし》されている。
「レシュッド！」

ぼくのほうを見ないようにしながら、母さんが唇《くちびる》のすきまから小声で言った。
「レシュッド！　逃《に》げなさい、さあ、早く！」

ぼくはイヤだと頭《かぶり》をふり、ぼうぜんとつっ立ったまま、母さんと兵士を見ていた。
「逃《に》げなさいと言ってるでしょ！」

母さんの表情が、苦しみと怒《いか》りでゆがんでいる。早く逃《に》げろと、ジェスチャーでも伝えてくる。
「ほら、言うとおりになさい！」

ところが、そのときにはもう、ぼくは腕《うで》をつかまれトラックの荷台に放りこまれていた。怒《おこ》った母さんは落ち着きをなくし、おなじトラックに乗せられていた友だちのセッティミアさん（セッティミアさんは、お母さんと妹さんの三人でつかまっていた）にむかって、なげいた。
「クジラの口のなかに自分から飛びこむなんて……。家にいるように言ってきかせたのに」

それから、ぼくにむかって言った。

「家にいなさいとあれほど言ったのに、どうしてのこのこ出てきたの！」

母さんのとなりには、赤ちゃんにおっぱいを飲ませている女の人がいる。ぼくをつかまえた兵士にじっと見られて、女の人は胸《むね》もとをハンカチでおおった。

母さんはあきらめきれないらしく、兵士にむかってドイツ語で言った。

「ニヒト・ユード、ニヒト・ユード！」

この子はユダヤ人じゃない、という意味だ。

兵士は信じなかった。ぼくの顔と母さんの顔をかわるがわる見くらべて、似ていると判断したらしく、「だまれ」と命じた。兵士が銃《じゅう》を持っていたので、ぼくは、母さんが撃《う》たれるんじゃないかとふるえあがった。

母さんは静かになったものの、まだ口のなかでつぶやいている。

「自分からつかまりに来るなんて……。あれほど家にいなさいと言ったのに……」

ぼくのほうを見ようとはせず、他人のふりをしながら。

そのとき、とつぜんフナーリ通りのほうでおそろしい物音がした。ぼくたちを見張っていた兵士が、だれかに呼《よ》ばれてふりかえる。その一瞬《いっしゅん》のすきに、母さんは、どのようにしてかはわからないけれど、ぼくを荷台からつき落とした。

気づくと、ぼくは大勢の兵士がいる広場に立っていた。頭のなかで、「レシュッド！」

という母さんの声がひびく。

ぼくはトラックのほうをふりかえらなかったけど、じっと見つめる母さんの視線《しせん》を感じ、その視線《しせん》に背中《せなか》をおされた。

「急いでここから逃《に》げなさい！」

これ以上、母さんを怒《おこ》らせたくなくて、今度は言われたとおりにしようと思った。ただし、家の方角にもどるのはあまりに危険《きけん》だ。トラックと、さっきぼくをつかまえた兵士の前を通らなくちゃならない。そんなことをしたら一巻《いっかん》の終わりだろう。

人でごった返すなか、ぼくは目をつけられないように背《せ》をまるめて目をふせ、両手をポケットにつっこむと、その場からゆっくり離《はな》れた。ふきだした冷や汗《あせ》が、雨つぶといっしょに背中《せなか》をつたう。布製の靴《くつ》はぐしょぬれで、氷のように冷たい感触《かんしょく》が、くるぶしから心臓《しんぞう》まであがってくる。ぼくはひたすら地面を見ながら歩き、せまくてうす暗いサンタンブロージョ通りに入っていった。

背後《はいご》では、ほかの通りから連れてこられた住人を親衛隊員がかき集めている。ぼくは、牛乳《ぎゅうにゅう》でも買いに行くようなふりをして歩いた。心臓《しんぞう》がのどから飛びだしそうだ。下をむき、手をポケットにつっこんで、出かけるときに母さんがしていたように、壁《かべ》すれすれのところを歩く。開けはなたれた窓《まど》から、どなり声や、ぐずぐずするなという命令、ガラスがたきわられる音や、食器が床《ゆか》に落ちる音、そして銃床《じゅうしょう》を使ってドアをつきやぶる音が聞こえてくる。

サンタンブロージョ通りは人気《ひとけ》が少なかった。ここにも親衛隊はいるけれど、住人たちを家から連れだすのに忙《いそが》しくて、ぼくのことは見ていない。

「ラウス！　ラウス！」と、ドイツ語でわめいている。「外に出ろ」という意味だ。

ぼくは歩みを速め、アンナの家の前を通りすぎる。ベッタ姉さんの友だちのアンナは、まるで自分の弟みたいにぼくをかわいがってくれていた。アンナの家は、ドアも窓《まど》も開けっぱなしで、だれの姿《すがた》も見えない。アンナもつかまったのだと思うと、ますます胸《むね》がいたくなる。

「レシュッド！」

頭のなかで、母さんの声がこだまする。

ぼくはふりかえらずに、ひたすらまっすぐ歩きつづける。

すると、ほんの十メートルほど先から、機関銃《きかんじゅう》を手にした親衛隊員がふいにあらわれた。ぼくは壁《かべ》に身をよせてエビのようにあとずさり、近くのくぼみに入りこむと、壁《かべ》にへばりついて息を殺した。この少し先に、牛を飼っているエルミニアさんの家がある。いくらかお金があるようなとき、母さんは小銭《こぜに》と空きビンをぼくに持たせ、牛乳《ぎゅうにゅう》を買いに来させるんだ。牛は、おそろしい出来事が起こっているとわかるのか、興奮《こうふん》して大きな声で鳴いている。兵士は立ち止まり、耳をそばだてた。こんな住宅街《じゅうたくがい》に牛がいるなんて、信じられないんだろう。ぼくはあぶら汗《あせ》をかきながら、息を止めた。目をつぶり、心のなかで、おまじないのように母さんの名前を何度もくりかえす。

「ジノッタ、ジノッタ、ジノッタ……」

兵士はぼくのほうには目もくれず、通りすぎていった。遠くまで行ってしまうのを待ってから、ぼくはかくれていたくぼみから出て、安全とはいえないせまい道をふたたび歩きはじめる。

〈オクタヴィアの柱廊《ちゅうろう》〉遺跡《いせき》の前にも人が大勢いて、名前を呼《よ》ぶ声や、どなり声が聞こえてくる。遺跡《いせき》のわきに大きな荷台のついたトラックが一台とまっていて、何家族もの人たちが次々《つぎつぎ》と乗せられていく。

いまこの瞬間《しゅんかん》、ナチスの親衛隊の手から逃《に》げることのできた人はどれくらいいるんだろう。カトリック信徒のなかにも、ドアを開けてユダヤ人を家のなかにかくまってくれた人がいるのかな。ぼくみたいに、混乱《こんらん》にまぎれて姿《すがた》をかくしている人がほかにもいるのだろうか。ぼくには、なにもわからない。ただ、たしかなことは、目の前のトラックの荷台がすでにいっぱいで、女の人や子どもやお年よりも、大勢乗せられているということだ。

フランコのおじいちゃんも、車いすからだきあげられて、ぎゅうぎゅうづめの荷台に放りこまれている。アンナと弟のルイージの姿《すがた》もある。荷台の上からもぼくのことが見えているんだろうか。どうか見えませんように、と祈《いの》らずにはいられない。だって、もしふたりに名前を呼《よ》ばれでもしたら、親衛隊に見つかって、ぼくもトラックに乗せられる。それだけはどうしてもさけなくちゃ。母さんが命がけでぼくのことを逃《に》がしてくれたんだから。

ぼくは下をむき、両手をポケットにつっこんだまま、歩きつづける。雨つぶが髪《かみ》の毛から首すじをつたって背中《せなか》や足までぬらすけど、なにも感じないし、なにも見えない。いま歩いている道の少し先だけを見て、ロボットみたいにただ足を動かす。一歩、また一歩、そしてまた一歩。

頭のなかでは母さんのことを考えている。頭のいい母さんのことだから、きっとうまいことトラックの荷台から飛びおりたに決まっている。いまごろは母さんも、足音をしのばせてどこかのわき道を歩き、ゲットー地区から離《はな》れようとしているはずだ。建物の中庭か地下室にでも逃《に》げこんで、おなじように身をひそめているユダヤ人の仲間を見つけただろう。そうでなければ、カンポ・デ・フィオーリ広場かアルジェンティーナ劇場《げきじょう》のほうにむかったか、マッテイ宮殿《きゅうでん》の地下にかくれているかもしれない。サン・ロレンツォ地区の空襲《くうしゅう》*2のとき、大地がゆれて、この世の終わりかと思いながら家族で避難《ひなん》した、あの地下だ。

ぼくは母さんのことを考えながら、自分に言いきかせる。母さんは二度もぼくに命をさずけてくれた。この世にぼくを産んでくれたときと、さっき、トラックの荷台からつき落としてくれたとき。こぼれそうになる涙《なみだ》をぐっとこらえる。ぼくはもう小さな子どもじゃないんだ。ぼくをたよりにしている母さんをがっかりさせたくなければ、泣いているひまなんかないぞ。ぐずぐずするのは、もうやめだ。

モンテ・サヴェッロ広場にある路面電車の始発の停留所に着くと、ちょうど出発しようとしている電車があった。ぼくは車両に乗りこみ、切符《きっぷ》を切っている車掌《しゃしょう》さんのわきに立つ。そして、小声でささやいた。

「ぼく、ユダヤ人なんです。親衛隊に追われています」

車掌《しゃしょう》さんは、ぼくのことを見るよりも早く答えた。

「わたしのそばにいなさい。じっとしてるんだよ」

ぼくは言われたとおりにした。

まもなく電車が走りだし、ぼくは、母さんや家族みんながその後どうなったのかわからないまま、電車にゆられていた。

1　第二次世界大戦で、枢軸国《すうじくこく》と呼《よ》ばれたドイツ・イタリア・日本に対し、イギリス、アメリカ、ソビエト連邦《れんぽう》を中心に連帯した国々《くにぐに》

2　一九四三年七月十九日に起きた、連合軍による大空襲《くうしゅう》。テルミニ駅近くのサン・ロレンツォ地区が大きな被害《ひがい》を受けた

3

　空はまだ暗く、雨もやみそうにない。路面電車は、暗やみのなかを動く昼の空間みたいだ。車掌《しゃしょう》さんはぼくのことなど知らないふりをしながらも、ときどきちらりとこちらを見て、ぼくが乗っていることを確かめている。

　もちろん、乗っているに決まっている。ほかに行くところなんてないんだから。

　ぼくは座席《ざせき》の上でちぢこまり、胸《むね》におしあてたひざをかかえる。目をつぶると、母さんにだきついているような気持ちになる。母さんのにおいや、すべすべの肌《はだ》、リンゴの香りのする服の感触《かんしょく》までよみがえる。母さんは、おなかがすいたときにいつでも食べられるように、洋服だんすのおくにリンゴをかくしてるんだ。

　靴底《くつぞこ》についていた泥《どろ》で座席《ざせき》を汚《よご》してしまったけれど、いつのまにかそれもかわき、手ではらうだけで砂《すな》のようにさらさらと落ちた。ぼくはまた目を閉《と》じて、母さんのことを考えつづける。トラックの荷台に乗せられた母さんの姿《すがた》がまぶたの裏《うら》にうかんで、さけびたくなる。「逃《に》げて、母さん。逃《に》げて！　レシュッド！」だけど、のどのおくでおしつぶされたみたいに、声が出てこない。

ぼくは、ひざにあごをのせた。路面電車は走りつづける。降《お》りていく人、乗ってくる人。聞こえてくる話し声はおだやかだ。「この人たちはユダヤ人じゃないんだな」と、ぼくは思った。

「ユダヤ人がおだやかにすごせる日なんて、永遠に来やしないのさ」って、おばあちゃんが言ってたっけ。その言葉のあとには、決まって迫害《はくがい》の話が続くのだけれど、ぼくは聞きたくなかった。悲惨《ひさん》な話なんて大きらいだ。ぼくは毎日、なんでもいいから幸せの種を探《さが》すようにしている。でも、さすがに今日は、ゲットー地区で起こったことを目《ま》のあたりにして、おばあちゃんの言ってたとおりだと思った。ぼくたちユダヤ人は迫害《はくがい》されし民《たみ》で、心から安心できる日が来ることはない。どこにいても、いきなりだれかがやってきて、ぼくたちを追いはらい、殺そうとする。

そのときとつぜん、電車が急ブレーキをかけて大きくゆれたので、ぼくはあやうく座席《ざせき》から転げ落ちそうになった。手すりをつかんで両足を床《ゆか》につき、バランスをとる。電車のすぐ前を大きな黒いトラックが横切り、その後ろから四台のオートバイがついていく。

「まったく、なに考えてやがる」と、運転士さんが悪態をつく。

ぼくの近くにいる、大学教授みたいな雰囲気《ふんいき》の男の人が話しはじめる。ナチスの親衛隊はわがもの顔でローマを歩いているだとか、われわれの街で彼《かれ》らがやりたい放題なのに、だれもそれを止める勇気がないだとか……。

「そう思いませんか？」と、ほかの乗客たちにあいづちを求めている。

でも、乗っている客はまばらで、だれも答えようとしない。

男の人はため息をつき、ポケットから吸《す》いかけの葉巻《はまき》を取りだすと、吸《す》おうかどうしようか決めかねているように、しばらく指のあいだでまわしたあげく、またポケットにしまった。黒いあごひげに黒い髪《かみ》、茶色のコートのえりもとから、黒っぽい色のネクタイがのぞいている。革製《かわせい》のかばんは、いまにもはちきれそうなほどにふくらんでいる。ぼくはその男の人に聞いてみたかった。襲撃《しゅうげき》をやめさせる方法はないんでしょうか。ナチス・ドイツの横暴《おうぼう》をやめさせて、ゲットー地区から、ローマの街から、イタリアの国から追いだしてくれる人はいないんですか、って。ほんの一瞬《いっしゅん》、その人と目が合った。優《やさ》しそうな目をしている。ぼくの目は、きっとおびえた色をしているのだろうと自分でも思う。話しかけられたり、顔を覚えられたりしたら困《こま》るから、窓《まど》のほうをむいた。

外はどしゃ降《ぶ》りだ。かさをさしている人もいるけれど、袋《ふくろ》やダンボールで頭をおおっているだけの人も少なくない。ヘッドライトをつけた軍用車が何台か、ワイパーを動かしながら通りすぎていく。フロントガラスにたたきつける雨は、ぬぐってもぬぐっても滝《たき》のように流れつづける。道路わきのどぶには、流されてきた落ち葉や木の枝、鳥の羽根などがういている。

下水道からわいて出たゴキブリのように、黒ずくめの親衛隊がそこかしこにいる。ここからでは見えないけれど、あのヘルメットには、片側《かたがわ》の耳の上あたりにナチスのシンボルマークの鉤十字《かぎじゅうじ》がついているんだ。母さんが「クジラの口のなかに自分から飛びこむなんて」と言ったときも、「この子はユダヤ人じゃない」と言ったときも、ぼくはぼうぜんとそのマークを見ていた。ワシが足のつめでつかんでいる鉤十字《かぎじゅうじ》がこわくて、母さんに「レシュエッド！」と言われても、身動きできなかった。

路面電車がとまった。降《お》りていく人、乗ってくる人。ぬれたにおいが、外からだけじゃなく、乗客の服や、胸《むね》にかかえたり小脇《こわき》にはさんだりした荷物からもただよってくる。そのときとつぜん、荷物のひとつが動いて、泣きだした。荷物だと思っていたのは、赤ちゃんだったんだ。まだ若《わか》いお母さんが、青ざめた顔でいっしょうけんめいあやしている。見かねて、ひとりのおじいさんが立ちあがり、席をゆずった。

「ほら、ここにおすわりなさい」

女の人は首をふる。

「次で降《お》りますから」

そう言ったものの、そのまま足がすくみ、一歩も動けずにいる。見るからにおそろしい四人組のファシスト*1が乗りこんできたせいだ。

あの女の人も、たぶんぼくとおなじユダヤ人だ。そう思ったら、心臓《しんぞう》の鼓動《こどう》が激《はげ》しくなる。アルジェンティーナ劇場《げきじょう》からテルミニ駅まで全力疾走《しっそう》したあとぐらいの激《はげ》しさだ。のどのおくやおなかのなか、耳のおく……体じゅうで心臓《しんぞう》があばれている。まるでろうやから逃《に》げだしたがっている囚人《しゅうじん》みたいに。

ファシストたちは声をひそめてなにやら話している。そのうちのひとりのズボンが、ぼくの足をかすめた。彼《かれ》らの着ている服からは石けんとタバコのにおいがして、髪《かみ》はポマードでなでつけられている。

「ドイツを裏切《うらぎ》るから、こんな目にあうのさ」

四人のうちでいちばん体格のいい男が、さもいい気味だという顔つきで言っている。

「とつぜん寝返《ねがえ》って、連合軍と休戦協定なんて結ぶもんだから、ナチス・ドイツを本気で怒《おこ》らせちまった。裏切《うらぎ》り者はドイツの敵《てき》だ。それにしても、見たか？　ナチスの親衛隊がローマじゅうを掃《は》き清めてくれた。これで、ローマからユダヤ人はきれいさっぱりいなくなる」

さっきのおじいさんが、四人組を刺《さ》すような視線《しせん》でにらみつける。さいわい、むこうはおじいさんの視線《しせん》に気づいていないようだ。へたをすると、目が合っただけでタッソー通りの刑務所《けいむしょ》に送られ、拷問《ごうもん》されることもあるらしい。

続けて、四人組のうちのやせ型の男が言った。

「ヒトラーとムッソリーニ*2は、まもなくイタリアを取り返し、帝国《ていこく》を築くだろうよ。連合軍にはオオカミのようなドイツ軍を打ち負かす力はないからな」

それを聞いたおじいさんの口もとに、今度はかすかな笑みがうかんだ。四人はそれにも気づかず、あいかわらずヒトラーとムッソリーニの話題で盛《も》りあがり、ユダヤ人のことを、まるで退治《たいじ》すべきシラミであるかのように言っている。

「き、れ、い、さ、っ、ぱ、り、いなくなってほしいものだ」

口ひげを生やした男が、一音ずつ区切って発音しながら言った。

若《わか》いお母さんが、赤ちゃんをぎゅっとだきしめる。あんまり力を入れたものだから、赤ちゃんはまた泣きはじめた。

ぼくはふるえあがった。このお母さん、今度こそ身分証を出せと言われて、つかまっちゃうぞ！

おじいさんもきっとおなじことを考えたんだろう。お母さんの腕《うで》からおくるみごと赤ちゃんをだきあげた。

「さあ、じいちゃんのところにおいで。よしよし」

上手に赤ちゃんをあやしている。

「まったく、お母ちゃんはどうしちまったんだろうね。ほれ、マリア、赤ん坊《あかぼう》が起きちまったじゃないか。ちょっとこの鍵《かぎ》を持っててくれ」

おじいさんはそう言いながら、教皇《きょうこう》の肖像画《しょうぞうが》がついたキーホルダーを女の人のほうに差しだした。日曜日のミサのとき、よくバチカンのサン・ピエトロ広場で売っているやつだ。カトリック信徒ならたいていの人が持っている。それを見たとたん、ファシストたちは若《わか》いお母さんへの関心を失い、また四人で話しだした。

そのとき、急ブレーキがかかって、電車が停止した。口ひげの男があやうくぼくの上にたおれかかりそうになったものの、なんとかこらえ、体を起こしながら運転士さんにむかって悪態をついた。

「免許《めんきょ》取り消しにしてやるぞ！」

若《わか》いお母さんは、転ばないように手すりにしがみついた。ぶつかってきた体格のいいファシストに「失礼」と言われ、軽く会釈《えしゃく》を返している。

おじいさんは、あいかわらず赤ちゃんに話しかけている。

「おまえさんは天使みたいにかわいいなあ。ヌオーヴァ教会のマリア様の絵のなかから出てきたみたいだ」

ぼくは足もとに目をやった。ファシストたちは黒くてピカピカの軍靴《ぐんか》をはいている。若《わか》い女の人は、ぼくの母さんの靴《くつ》によく似た靴《くつ》。車掌《しゃしょう》さんの靴《くつ》は、つま先がすりへっている。おじいさんがはいているのは、ひも靴《ぐつ》だ。いまごろ母さんは、まだ〈亀《かめ》の噴水《ふんすい》〉広場にいるのかな……。

電車が次の停留所のヴィットリオ・エマヌエーレ二世橋に着くと、おじいさんは立ちあがり、ぶっきらぼうに言った。

「マリア、急ぐぞ！　さもないと今日も遅刻《ちこく》だ」

そして、若《わか》いお母さんの腕《うで》をつかみ、乗客をかきわけて降《お》りていった。

ぼくは車掌《しゃしょう》さんの顔をうかがう。表情ひとつ動かさないけれど、車掌《しゃしょう》さんも、あのおじいさんがユダヤ人のお母さんと赤ちゃんを助けてあげたんだって思っているにちがいない。

ローマの街はうす暗く、苦しみと恐怖《きょうふ》の黒に包まれているみたいに思える。灰色《はいいろ》の幌《ほろ》をかけたトラックが電車を追いこしていく。電車と並《なら》んで走るトラックもいる。信号待ちをしているあいだ、一台のトラックの幌（ほろ）の下から手が出てきたと思ったら、絶望した表情の人たちが外のようすをのぞくのが見えた。けれども、すぐになかにいる人に引っぱりこまれた。

涙《なみだ》があふれて止まらない。もしかすると母さんは、いま、ぼくのすぐ近くにいるのかもしれない。母さんも兵士に髪《かみ》をつかまれ、幌《ほろ》から顔を出すなと言われているのかも。母さんも「助けて」とさけんでいて、ぼくはそばにいるのにその声が聞こえず、助けに行ってあげられないいんだ。

「お気の毒にねえ」と、雨にぬれた女の人がふるえながらつぶやいた。

「なにかのまちがいですよ」と、司祭様が言う。「きっと、どこかで手ちがいがあったんです。すぐにまた家に帰れますよ。教皇《きょうこう》様がこんなことを許すわけがありません」

大勢のユダヤ人を乗せたトラックが、黒い排気《はいき》ガスをはきながら発進した。路面電車も走りはじめたものの、トラックのスピードには追いつけず、距離《きょり》があくばかりだ。そのとき、幌《ほろ》のかげからまた手が伸《の》び、にぎっていた紙切れを飛ばすのが見えた。

あとで知ったことだけど、母さんも、連れていかれるとちゅうにおなじことをしたらしい。ポケットに入っていたパンとタバコの配給券《はいきゅうけん》の封筒《ふうとう》に、「お願いです。この券《けん》を拾った人は、レジネッラ通りのディ・ポルト家にお届《とど》けください。ご親切に感謝します」と書いて、トラックの外に投げたんだ。そうしたら、本当に親切な人がいたらしく、その配《はい》給券《きゅうけん》はちゃんとうちに届《とど》けられた。おかげでぼくたちは、母さんがずっと家族のことを心配していたのだとわかったし、この世は、だれかの不幸につけこんで得をしようとする人ばかりじゃない、ということもわかった。でも、それは何日かあとの話だ。いまのゲットー地区はナチスの親衛隊の襲撃《しゅうげき》のさいちゅうで、ぼくはといえば、路面電車に乗ってローマの街なかをぐるぐるまわっている。

「なんだって？　子どもたちも連れていかれるのか？」

それまでなにも知らなかったらしい男の人が、おどろいてたずねる声がする。

「子どもなんて連れていって、どうするつもりだ？　男には力仕事をさせて、女には家事手伝いをさせるとしても、子どもにはなにをさせるんだろう」

だれも答えない。

子どもはなんの役にも立たない。食べさせなきゃならない口が増えるだけだから、逃《に》がしたほうがいいに決まってる。

でも、いつだったか、年配のファシストが若《わか》いファシストに言っていた。

「いいか、忘《わす》れるな。敵《てき》の子どもは、どんなに小さくても敵《てき》なんだ。いずれ成長したら、おまえやおまえの家族を殺しにやってくる。だから、必ず始末しておくべきなんだ」

考えただけで、背《せ》すじがふるえる。車掌《しゃしょう》さんがこっちを見た。ぼくが半ズボンとうすいセーターしか着ていないから、寒がっていると思ったんだろう。巻《ま》いていたマフラーをはずし、ひろげてぼくの肩《かた》にかけてくれた。そしてまた、切符《きっぷ》を切ったり、定期券《ていきけん》のお客さんに乗車の印の穴《あな》を開けたりと、仕事にもどった。

親衛隊は、ぼくが働けることを知らない。ぼくは六歳《さい》のときから働いて、パンを買うためのお金をかせいでいるし、大人に負けないくらい仕事ができる。なのにあいつらは、背《せ》の高さと、やせた体だけを見て、なんの役にも立たないと決めつけ、命をうばうんだ。

車掌《しゃしょう》さんが貸してくれたマフラーは青色で、樟脳《しょうのう》のにおいがした。海みたいな青、友だちのアッティリオが着ているセーターの青、それに父さんのお古の財布の青にも似ている。ぼくが小さいとき、母さんがくれた財布だ。なかには一リラ硬貨《こうか》が一枚《まい》入っていた。あるとき、その硬貨《こうか》をふざけて家の鍵穴《かぎあな》に入れたら、それきり出てこなくなってしまった。

1　一九四三年七月まで、イタリアの独裁政権《どくさいせいけん》だった国家ファシスト党と、その党首ベニート・ムッソリーニの考え方を信奉《しんぽう》する人

2　イタリアの政治家。一九四三年七月に首相の座《ざ》からおろされ、逮捕《たいほ》されたが、ナチス・ドイツに救出・保護されていた

4

窓《まど》ガラスに頭をもたせて目を閉《と》じると、まぶたの裏《うら》に、母さんがアパートの玄関《げんかん》を出て、だれにも気づかれずに歩いていく光景がよみがえる。鼻歌を歌う母さん、チーズをけずる母さん、テーブルを片《かた》づける母さん、エレナおばさんとおしゃべりをしている母さん、ミシンをふんでズボンをぬいあげる母さん、「だれにもだまされずに生きていくためには読み書きを覚えなきゃダメよ」と学校へ行くように言う母さん、市場で売る古着を仕入れるために必要な十リラをわたしてくれる母さん……。

それに、サン・ロレンツォ地区で空襲《くうしゅう》にあった日の母さんのことも思いだした。ぼくたちを連れていったん避難所《ひなんじょ》へ逃《に》げたあと、母さんはひとりで家にもどり、子どもたちのために食べものを持ってきてくれたんだ。母さんは勇気があるし、なにもおそれない。おまけに頭だってばつぐんにいいから、「ジャガイモ食《ぐ》らい」のドイツ兵なんかに連れていかれて、働かされたりはしないはずだ。

「エマヌエーレ」

ぼくを呼《よ》ぶ母さんの声が聞こえる。

「おなべをふきんに包んで、下へ持っていってちょうだい」

ぼくは言われたとおりにする。夕方、天気さえよければ、ぼくたちは近所の人たちと連れだってワイン工房《こうぼう》へ行き、お金を出し合って一リットルから一リットル半のワインを買い、持ちよった料理の包みをひろげて、いっしょにテーブルを囲む。街なかでみんなといっしょに食事をするのはとても楽しい。大人たちはワインを飲みながら、だれそれの結《けっ》婚式《こんしき》がどうしたとか、だれとだれがつき合っているとか、そんな話で盛《も》りあがる。ほかにも、どこそこの男の子が〈バル・ミツヴァー〉[*1]をむかえたとか、あの娘《むすめ》さんも〈バト・ミツヴァー〉[*2]だとか、今年の〈仮庵《かりいお》の祭り〉[*3]はどうしようといった話をするんだ。〈仮庵《かりいお》の祭り〉というのは、天幕《てんまく》をはって果物や野菜をたくさんかざり、そこで七日のあいだ寝《ね》起《お》きするという、ぼくたち子どもにとっては遊びのように夢中になれるお祭りだ。

お祭りのあいだ、ぼくはいつも友だちのアッティリオにくっついて夜をすごす。アッティリオは十五歳《さい》で、ほとんど大人といえる年《とし》だけど、大人たちとはちがって、ぼくを対等にあつかってくれる。ぼくよりもはるかにたくさんのことを知っているのに。アッティリオは勉強が好きだけど、ぼくは苦手だ。アッティリオはいろいろな本や新聞を読むけど、ぼくは読まない。アッティリオは政治に興味を持っているけど、ぼくは興味がない。それに……。

そのときとつぜん、つま先がもうれつにいたみ、ぼくは悲鳴をあげそうになった。目を開けて、思わずアッティリオや母さん、なべや料理の並《なら》んだテーブルの上のワイングラスを探《さが》した。だけど、ぼくはいま、路面電車に乗っているんだった。塗装工《とそうこう》らしきおじさんが、ぼくの足をふみつけたまま、となりの人と強制連行のことを話している。

「ゲットー地区だけじゃないぞ。ローマのあちこちで、ユダヤ人が無理やり連れていかれている」

「そんなはずない」

「いや、本当だ。ユダヤ人は全員連れていかれている。ひとり残らずな」

ぼくは体が下にずり落ちないよう、座席のはじをにぎりしめる。つまり、ナチスの親衛隊は、父さんや、ほかの地区に住んでいるおじさんやいとこたちもつかまえたということ? ローマは安全だという話はウソだったの? ということは……。

「それじゃあ、五十キロの金《きん》を差しだせば、自由を保障《ほしょう》してやるという話はどうなったんだ?」と、エプロン姿《すがた》のパン店の主人がたずねる。

「そんなのウソに決まってるだろ。金《きん》五十キロは、いまごろ連中のふところのなかさ。ナチスの親衛隊なんて、しょせん信用できるわけがないんだ」

「約束したくせに……」

「約束って、だれが？　親衛隊だろ？　おまえさんは連中を信じてるのか？」

ぼくたちはみんな信じたんだ。ありったけの金《きん》を差しだし、それでもう安全だと思いこんでいた。だれも疑《うたが》わなかった。あれは、ぼくたちの手もとに残された財産をうばうための口約束にすぎず、どちらにしても無理やり連行するつもりだったなんて、だれひとり考えなかった。ぼくは唇《くちびる》をぎゅっとかんだ。そうでもしなければ、さけびだしそうだった。「裏切《うらぎ》られた！　わなにはめられたんだ！」って。

車掌《しゃしょう》さんが話題を変えようとすると、むかいの席にすわっていたおじいさんが大声をはりあげた。

「もし、いまもピウス十一世[*4]が生きていたら、こんなひどいことにはならないはずだ」

「そんなわけがあるもんか！　ユダヤ教はユダヤ教で、カトリックはカトリックで、おたがいに自分たちの信者を守るだけさ」と、工員らしき男の人が言い返す。

「いや、それはどうかな。もしピウス十一世が生きていたら……」

その言葉はみんなの声でかき消され、言い争いが始まる。新しい教皇《きょうこう》の味方をする人がいれば、教皇《きょうこう》はヒトラーの友人だと主張する人もいる。もし教皇《きょうこう》がイタリアの味方なら、いまごろなにか行動を起こしているはずなのに、だまって見ぬふり、聞かぬふりをしているだけじゃないかと言う人もいた。

みんなの声がだんだん大きく、怒《いか》りのこもったものになっていく。車掌《しゃしょう》さんは塗装工《とそうこう》らしき人を必死でなだめている。名前で呼《よ》んでいるところをみると、きっと知り合いなんだろう。

「たのむからやめてくれ。ケンカなんかしてる場合じゃない」と言ってから、ほかの乗客たちのほうをむいてつけくわえた。「わたしから言えることはただひとつ。もし、自分にできることがあるなら、まずはそれをすること。小さなことでもいい。ひとりひとりがなにか行動すれば……」

ぼくは電車の窓《まど》から外をながめる。雨がしとしとと、いいかげん疲《つか》れたとでもいうように降《ふ》っている。まるでこの街のほっぺたをつたう涙《なみだ》みたい。ここはぼくの街だ。たとえぼくがユダヤ人だったとしても、そのことに変わりはない。ぼくはここで生まれたし、父さんや母さんも、おじいちゃんやおばあちゃんたちも、おじさんやおばさんたちも、いとこたちも、ほかの親戚《しんせき》も、みんなこの街で生まれた。ぼくがふるさとだと思えるのは、この街だけなんだ。

「教皇《きょうこう》」という言葉を聞いて、ぼくはリアおばさんから聞いた話を思いだす。リアおばさんというのは、アパートの上の階に住んでいる人で、いつも夕方になるとぼくたちの家に来て、ストーブにあたっていくんだ。

ある雨の日、ユダヤ人の営んでいる店にひとりの司祭が来たことがあって、店のおかみさんは、かさを貸してあげたそうだ。司祭は、「自分は通りすがりの者ですから、いつ返しに来られるかもわかりません」と言った。すると、おかみさんは、「あなたが教皇《きょうこう》になられたときでかまいません」と答えた。それは、べつに返さなくていいですよ、という意味だったんだ。司祭はありがたくそのかさをさして帰っていき、おかみさんも、すっかりそんなことは忘《わす》れていた。

それから長い年月がたったある日、バチカンからおかみさんのところに手紙が届《とど》いた。

「バチカンがわたしにいったいなんの用があるというのかしら」

封《ふう》を開けてみると、信じられないことが書かれていた。あのときの司祭が、教皇《きょうこう》になったので、かさを返しにうかがいたいと言ってきたんだ。

「その教皇《きょうこう》って、だれなの?」

ぼくはリアおばさんにたずねてみた。

「シクストゥスよ」

おばさんからは、そんな答えが返ってきた。それを聞いてぼくは、それが作り話だとわかった。だって、いちばん最近のシクストゥス五世でも四百年近くも前の人だもの。

言い争いをしていた乗客が降《お》りていき、路面電車のなかはまた静かになった。

でも、ぼくの心のなかはざわついていた。ローマじゅうでユダヤ人が連れていかれているというのが本当なら、ナチスの親衛隊は家を一軒一軒《いっけんいっけん》調べてまわり、ベッドや戸棚《とだな》や物置、はてはテラスにある水をためるタンクの内側まで、人がかくれていそうな場所を探《さが》し、見つけた人を引きずりだしたのかもしれない。

「ひとり残らず連れていかれている」と、さっきのおじさんは話していた。

ひとり残らず……。まるでぼくたちが殺人犯で、ろうやに閉《と》じこめておかないと、世界を破壊《はかい》するとでもいうかのように。思わずすすり泣きがもれ、あわててせきばらいでごまかした。

車掌《しゃしょう》さんがこちらを見る。ぼくは頭をふって、だいじょうぶです、と伝える。

ぼくのうちには親衛隊は来なかった。ドアを破られることもなければ、ぼくたちをつかまえに来る者もいなかった。でも、ひょっとしたら来たのかも。ぼくが家を出たあとに来たとも考えられる。そしていまこの瞬間《しゅんかん》、ナンド兄さんとベッタ姉さん、弟のジョエレにベニアミーノ、そして末っ子のジェンマも、トラックに乗せられ、家のなかはめちゃくちゃに荒《あ》らされているかもしれない。いいや、だいじょうぶさ。そんなはずはない。みんな、まだ家にいるにちがいない。安全な家に。

そのとき、女の人の声が静けさを破った。

「ユダヤ人差別は、なにも昨日今日に始まったことじゃないでしょ！」

もうれつに怒《おこ》っているみたいだ。

「一九三八年に、ユダヤ人の活動を制限する人種法が制定されたときから、ユダヤ人はさまざまな権利《けんり》をうばわれている。教えてくださいな。権利《けんり》をうばわれても、人が人として生きていけるのでしょうか」

だれも答えようとしない。

「じゃあ言うわ。答えはノーよ！　人としての権利《けんり》をうばわれた人は、モノも同然。だから彼《かれ》らはユダヤ人に対して好き放題しているんでしょ！」

ぼくは声のしたほうを見る。若《わか》くてきれいな女の人だ。髪《かみ》も瞳《ひとみ》も黒くて、緑のオーバーコートを着て、戦士のような雰囲気《ふんいき》をまとっている。近くに乗り合わせた男の人が、「よけいなことは言わないほうがいいぞ。たいそう危険《きけん》な話題だからな」と言っている。

それでも、女の人は無視《むし》して話しつづける。乗客たちのだれもがおどろいた顔でその人を見ている。きっと心のなかで、こいつは本当に頭がおかしいぞ、ひどい目にあわされたいのだろうか、なんて思っているんだ。

「すべてがありのままの名前で呼《よ》ばれるべきなのよ。ユダヤ人をいっぱいに乗せた列車が行き着く先にあるのは、労働のための収容所《しゅうようじょ》なんかじゃない、あれは……」

ぼくはあわてて耳をふさいだ。聞きたくなんかない！　そんなのぜんぶウソだ！　母さんは家にいるし、親衛隊はうちには来なかった。ぼくはいま、裕福《ゆうふく》な人たちの住むトリオンファーレ通りにむかっていて、市場で売るための古着を仕入れに行くところだ。あのあたりに住んでいる人たちが出してくれる古着は、どこよりもきれいだからね。通りの人たちとはすっかり顔なじみで、ぼくが窓《まど》の下に立って「おくさん、古着の買いとりにやってまいりました。古着を買いとりますよ」と声をはりあげると、決まってだれかがいらなくなった服を持ってきてくれるんだ。

さっきの女の人は、あいかわらず権利《けんり》のことや、まちがった法律《ほうりつ》のことを話している。刈《か》りあげた頭にウールの帽子《ぼうし》をかぶった、背《せ》の高い男の人が口をはさんだ。

「ぼくがあなたなら、まわりの人たちの助言にしたがって、これ以上よけいなことは口にしませんがね」

「あなたがわたしじゃなくて、よかったわ」

男の人は、引きつった笑いをうかべた。

「女は、いつだって自分とはかかわりのないことに口を出したがる。政治は男にまかせて、あなたたちは家で靴下《くつした》をつくろったり、掃除《そうじ》をしたりしていればいいんです」

女の人は笑い声をあげた。

「あなたは、さぞや政治におくわしいのでしょうね」

「そういうあなたは、ユダヤ人なのでしょうな」

「だったらなんだっていうの？」

女の人は、一瞬《いっしゅん》も視線《しせん》をそらそうとしない。

「そういうあなたは、カトリックの信者かしら？」

「頭のてっぺんからつま先まで」と、男の人がほこらしげに答える。

「それはなにより！」

そう言うと、女の人は、相手に口をはさむすきも与《あた》えずに続けた。

「だったらこの言葉の意味はよくごぞんじでしょう。『自分を愛するように、あなたの隣人《りんじん》を愛しなさい』」

男の人は言い返そうとしたが、すぐに考えなおして口をきゅっと結び、わなにはめられたとでも言いたげな目で女の人を見た。

「あなたの隣人《りんじん》というのはだれかしら？」と、女の人は挑発《ちょうはつ》するように言う。

帽子《ぼうし》の男の人は、無言で女の人をにらんでいる。

「ユダヤ人以外のすべての人たち？　それとも、同性愛者以外のすべての人たち？　ロマの人たちも、黒人も例外なの？」

路面電車のなかは完全に静まりかえっている。だれもが、やっぱりこの女の人は頭がどうかしていると思っているようだ。でもぼくは、つくづく勇気のある人だと思った。

女の人は、次の停留所で降《お》りていった。

その人が降《お》りたあとも、乗客はみんなだまりこくっていた。

---

1 ユダヤ教の男子の成人式。十三歳《さい》で祝う
2 おなじく女子の成人式。十二歳《さい》で祝う
3 ユダヤ教の三大祭りのひとつ
4 一九二二年から一九三九年まで在位していたローマ教皇《きょうこう》。ナチス・ドイツの非人道的行動を非難《ひなん》した

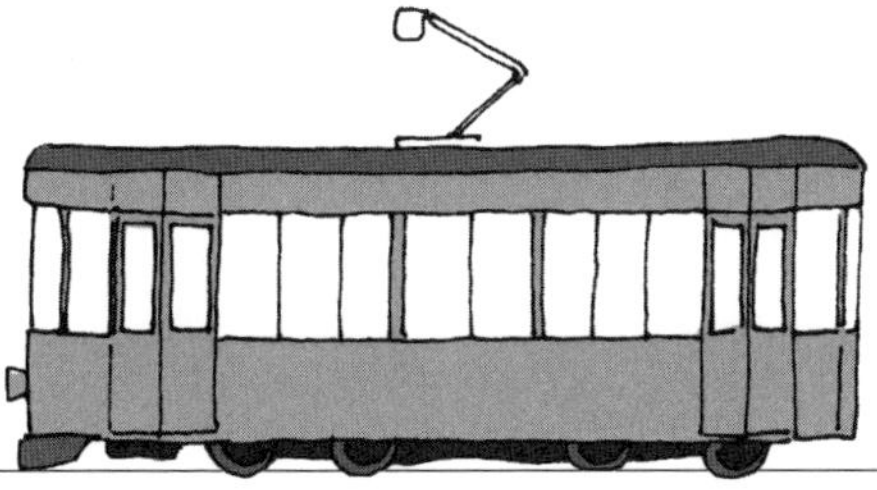

5

路面電車はフラミニオ広場に着いた。ぼくは、おなかがすいてたまらない。〈過越《すぎこし》の祭り〉[*1]の一週間を思いだす。その期間中は、酵母《こうぼ》でふくらませたパンを食べてはいけないことになっていて、とてもつらいんだ。とりわけ食糧難《しょくりょうなん》のこのご時世、パンが食べられなかったら、ほかに手に入る食べものなんてほとんどない。だから、その一週間がようやくすぎると、子どもたちはチリオーラパン[*2]や丸パンをにぎりしめ、「パンだぞ、みんな！またパンが食べられるぞ！」とさけびながら、ゲットー地区を走りまわるんだ。

考えごとにふけっているうちに、本当にパンの香りがただよってきたような気がする。それだけじゃなく、戦争が始まる前にもどったみたいだ。母さんが二十個の卵《たまご》を溶《と》いて、死者もよみがえるほどおいしいオムレツを作っていたころに。ぼくは目を閉《と》じて、台所に立つ母さんの姿《すがた》を思いだす。熱したフライパンにオリーブオイルをひき、チーズとニンニク、そしてパセリで味をつけた大量の卵《たまご》を一気に流し入れる。すごくいい香りがしてきて、口のなかに生つばがあふれる。

「おい、ぼく、聞いてるかい？」

体をゆさぶられて、ぼくは我《われ》に返った。

ふりむくと、車掌《しゃしょう》さんが、油のしみた紙包みからチリオーラパンのサンドイッチを取りだしている。具材がたっぷりとはさまったパンは、もとの大きさの二倍くらいにふくらんでいる。

「そう、きみに言ってるんだ。眠《ねむ》ってたのかい？　腹《はら》が減ってるだろう。ジャガイモ入りのオムレツは好きかな？」

そう言いながら、ぼくの答えを待たずに、サンドイッチをふたつに分け、半分くれた。

「ほら、食べなさい」

ジャガイモ入りのオムレツのはさまったサンドイッチを半分だって？　そんなの夢に決まってる。ぼくは、中身ごとパンが消えてしまうのがこわくて、すぐには手をのばせない。

「ほら、えんりょはいらないよ。うまいぞ！　そう警戒《けいかい》するなって」

車掌《しゃしょう》さんはそう言って、自分の分にかぶりついてみせた。

ぼくは、もう一度言われるまでもなく受けとると、お礼を言ってからパンをかじった。

最高においしい。

半分のサンドイッチをできるだけ長もちさせたくて、少しずつゆっくりかじる。いっぽう、車掌《しゃしょう》さんは数口であっという間に食べおえると、切符《きっぷ》を切りにもどっていった。しばらくするとまたやってきて、今度は水の入った水筒《すいとう》を差しだした。

「ほら、水も飲め」

差しだされた水を飲み、サンドイッチを食べながら、ぼくは母さんのことを思う。きっといまごろ、のどがかわき、おなかもすかせているにちがいない。そう思うと、パンの味が苦く感じられる。

父さんのことも心配でたまらない。父さん、つかまらずにすんだだろうか……。兄さんや姉さん、弟たちや妹は？

たぶん、きょうだいは無事だろう。みんなにはベッタ姉さんがついている。頭のいい姉さんのことだから、どんな状況《じょうきょう》だってうまく切りぬけるに決まっていた。

ふたたび路面電車が走りだす。降《お》りていく人、乗ってくる人、ぶつかってくる人、足をふむ人、文句を言う人、そうして口論《こうろん》が始まり……。車内の光景は、ふだんとたいして変わらない。ゲットー地区ではおそろしいことが起こっているというのに、ローマのほかの地域《ちいき》では、いつもどおりの生活が続いている。女の人は食卓《しょくたく》になにを並《なら》べたらいいかと頭を悩《なや》ませ、子どもは道ばたで遊び、お年よりは窓辺《まどべ》にすわってガラス越《ご》しに道ゆく人をながめている。頭上を飛ぶ戦闘機《せんとうき》は、連合軍がイタリア半島を南から北へと進み、もうすぐイタリア全土を解放してくれることを告げている。

ようやく雨がやみ、顔をのぞかせた太陽に、木々《きぎ》の枝がいっそう黒々《くろぐろ》と見える。

フィウーメ広場で、路面電車はいつもより長めにとまった。

「出発まであとどれくらいですか？」と、乗客のたずねる声がする。

「十分です」車掌《しゃしょう》さんはそう答えると、ぼくに言った。「おい、しょんべんしに行くぞ。たっぷりたまってるんじゃないのか？」

そういえば、もうだいぶ前からおしっこをがまんしていた。

車掌《しゃしょう》さんといっしょに電車を降《お》り、細い横道に入っていくと、小さな公園があった。

「あの茂《しげ》みのむこうで、しておいで」

車掌《しゃしょう》さんはぼくにそう言うと、自分は別の茂《しげ》みのかげに入った。そうして茂《しげ》みから出てきたときには、ふたりともすっきりしていた。

もしかすると、この車掌《しゃしょう》さんは、神様がぼくのところにつかわしてくださった天使なのかもしれない。どうか、母さんのところにも天使がまいおりていますように。ぼくよりも母さんのほうが、天使の助けを必要としているはずだから。

ふたたび路面電車に乗りこむと、車掌《しゃしょう》さんはぼくのマフラーを巻《ま》きなおしてくれ、さっきとおなじ席にすわらせた。それから、運転士さんにたずねた。

「発車まであと何分かい？」

「二分だ」

車掌《しゃしょう》さんは乗降口《じょうこうぐち》から身を乗りだし、広場で待っている人たちに声をかける。

「あと二分で発車します！」

ぼくたちを乗せた路面電車が、始発の停留所のモンテ・サヴェッロ広場にもどってきたとき、ナチスの親衛隊は、まだユダヤ人をトラックに乗せていた。もうお昼の十二時をまわったというのに、いつまで続けるつもりなんだろう。ファブリチオ橋のほうからも、親衛隊に前後をはさまれた集団が歩いてくる。その集団のなかにサムエーレがいるのを見て、ぼくは心臓《しんぞう》がのどから飛びだしそうになった。靴《くつ》修理職人のサムエーレとは友だちだ。ぼくはときどき工房《こうぼう》に遊びに行っては、おしゃべりをしていた。とても腕《うで》のいい職人さんで、靴底《くつぞこ》やヒールをまたたくまに修理し、仕上がりだって完ぺきなんだ。ファブリチオ橋は、ゲットー地区とティベリーナ島を結ぶ橋だ。フナーリ通りに住んでいるサムエーレが、なんでこんなところにいるんだろう。家から逃《に》げだしたところをつかまったのかな。それとも、だれかに密告《みっこく》されて、ここまで追われたのだろうか。

ぼくはぼうぜんとして、サムエーレを目で追った。けがをしているらしく、片足《かたあし》を引きずりながら道をわたり、大勢の人たちにまじって〈オクタヴィアの柱廊《ちゅうろう》〉遺跡《いせき》のほうへと歩いていき、やがてぼくの視界《しかい》から姿《すがた》を消した。

もしかすると、もう二度とサムエーレに会えないのかもしれない。きっと強制収容所《しゅうようじょ》へ連れていかれ、体がぼろぼろになるまで働かされるんだ。サムエーレは力仕事になれていない。いままでずっと、接着剤《せっちゃくざい》や釘《くぎ》、ハンマーやハサミを使った繊細《せんさい》な仕事をしてきて、鍬《くわ》なんて一度も持ったことがない。ましてや銃《じゅう》も爆弾《ばくだん》もさわったことがないはずの彼《かれ》が、ロシアとの国境地帯に送られ、ドイツ防衛のために戦わされるなんて、もってのほかだ。サムエーレはぼくとおなじで、戦争なんてまったく興味がないはずだ。ぼくたちはただ、平和に暮《く》らしたいだけなんだ。自分たちの持っているわずかばかりのものを守り、だれにも迷惑《めいわく》をかけずに暮《く》らしていければ、それでじゅうぶんなのに。

またしても涙《なみだ》がこぼれてくる。ぼくは怒《いか》りまかせに涙《なみだ》をごしごしとぬぐった。悪いことばかり考えてはダメだ！　サムエーレとは、いつかまた工房《こうぼう》で会える。「平頭釘《へいとうくぎ》をとってくれるかい」とたのまれれば、ぼくは頭の平らな小さな釘《くぎ》をわたし、「釘抜《くぎぬ》きをくれ」と言われれば、先がふたつにわれたドライバーみたいな工具をとる。工房《こうぼう》で熱心に働くサムエーレを手伝うのが、ぼくは大好きだった。

そのとき、車掌《しゃしょう》さんがぼくの肩《かた》に手をおき、「動くんじゃないぞ」と小声で言った。

ぼくは、すぐにはその理由がわからなかった。

車掌《しゃしょう》さんがちらりと目をやった窓《まど》の外を見たら、将校《しょうこう》を囲んでナチスの親衛隊が集まっていた。その将校《しょうこう》がこちらを見てなにかを言うと、親衛隊員がふたり、グループから離《はな》れて電車のほうに歩いてくる。

ぼくは、反射《はんしゃ》的に立ちあがりそうになった。「レシュッド」と言う、母さんの声が頭のなかでこだまする。

車掌《しゃしょう》さんは、そんなぼくの肩《かた》をおさえ、「動くんじゃない」とくりかえした。そして、ぼくの首にマフラーをぐるりと巻《ま》き、顔が半分ほどかくれるようにしてくれた。

親衛隊員がつかつかと歩いてくる。ひとりはメガネをかけ、もうひとりはベルトにかばんをさげて。ぼくをつかまえに来るんだ。だれかがぼくに気づき、密告《みっこく》したにちがいない。母さんの捨《す》て身《み》の努力はむだになって、ぼくはまたトラックに乗せられる……。

車掌《しゃしょう》さんが、切符《きっぷ》を切るハサミをぼくに差しだした。

「これを持ってろ」

親衛隊員が電車に乗りこんできた。機関銃《きかんじゅう》をかまえ、獲物《えもの》を探《さが》す猟犬《りょうけん》みたいな顔つきだ。すぐそばに立たれると、胃《い》がきりきりといたむ。ぼくはハサミをにぎりしめて、車《しゃ》掌《しょう》さんのことを、自分のお父さんを見るような目で見あげた。車掌《しゃしょう》さんもおなじような目でぼくを見返すと、切符《きっぷ》の束《たば》を差しだして、こう言った。

「ロレンツォ、あと何枚《まい》残っているか数えてくれ。まちがえないようにな」

まるで深い水の底にしずんでいるような感覚の時間がしばらく続いた。周囲のざわめきは消え、色彩《しきさい》もうすれ、見えるのは、ぼくの胸《むね》のすぐ前にある機関銃《きかんじゅう》と、顔のすぐ横にある軍服のベルト、それに、のどのすぐそばにある親衛隊員の手だけだ。

どれくらいの時間がたったのかわからない。ほんの数秒だったのかもしれないし、何分ものあいだだったのかもしれない。親衛隊員が横を通りすぎたとき、ようやくぼくは息をついた。今度は、おくの席にすわっていたふたりの男性客の前に立っている。

「身分証を出せ！」と、メガネをかけたほうの隊員が命じた。

乗客は落ち着きはらい、言われたとおりにしている。ユダヤ人じゃないから、なにもおそれることはないんだろう。身分証を取りだして見せている。隊員はそれを注意深くチェックすると、車内の乗客を見まわした。

車内の検査を終えて、電車から降《お》りた隊員たちは、レースで入賞を逃《のが》した選手のようにがっかりしていた。待っていた将校《しょうこう》のところに行き、ダメでしたというように首を横にふっている。ぼくを探《さが》しているのかな？　本当にだれかがぼくの姿《すがた》を見て、密告《みっこく》したのだろうか。

母さんのことを考えると、死ぬほどつらくなる。だって、たとえ母さんのポケットに身分証が入っていたとしても、なんの役に立つというのだろう。そこには、母さんがヴィルジニア・ピアッツァという名前で、一九〇六年ローマ生まれの、ユダヤ人だと書かれているのだから。

まるで、のどをしめつけられているかのように息が苦しい。ぼくは友だちのアッティリオのことを考えた。こんなとき、彼《かれ》ならどうするだろう。

「いっぱしの男になるんだ」

きっとそんなふうに言うんじゃないかな。

ぼくはハサミを車掌《しゃしょう》さんに返し、鼻と口をおおっていたマフラーをおろすと、古着売りの仕事のことを考えはじめた。あるとき、だんなさんを亡《な》くした女の人から十リラで仕入れた男ものコートを、四十リラで売ったことがあったっけ。あれはいいかせぎになったな。二十八リラを母さんにわたし、二リラはぼくのお小遣《こづか》い（一リラはアイスに、もう一リラは映画《えいが》に使った）、そして残りの十リラが、また次に売るための古着を仕入れる資金になった。「いっぱしの男」ってそういうことだろうか。恐怖《きょうふ》に身をふるわせるのではなく、いま自分になにができるのかを考えること？

午後の二時、車掌《しゃしょう》さんが交代する時間だ。

「この子をたのむ。面倒《めんどう》をみてやってくれ」

いままでぼくを気にかけていた車掌《しゃしょう》さんが、代わりに電車に乗りこんできた同僚《どうりょう》にたのんでいる。

その車掌《しゃしょう》さんも、ぼくに親切にしてくれる。となりにすわるように言い、かばんからサンドイッチを出すと、半分分けてくれた。さっきとおなじ、ジャガイモのオムレツのはさまったサンドイッチだ。

1 ユダヤ教の三大祭りのひとつ。奴隷《どれい》状態にあったユダヤ民族のエジプト脱出《だっしゅつ》を記念するもの

2 バゲットを短くしたような形のパン。この時代、ローマでよく食べられていた

6

空にはふたたび黒い雲がひろがり、もう明日は来ないんじゃないかという勢いで雨が降《ふ》りだした。もしかするとまた大洪水《だいこうずい》が起こり、地球上から、いい人も悪い人もみんな消えていなくなるのかもしれない。神様が堕落《だらく》した人間に愛想《あいそう》をつかして、そうお決めになったんだ……。どこかに現代のノア[*1]がいるのだろうか。方舟《はこぶね》をつくり、動物のつがいと自分の家族を乗せ、大洪水《だいこうずい》によって世界がほろぼされるのをいまごろどこかで待っているのかもしれない。

ぼくは、地球がほろびるなんてまっぴらごめんだ。たとえそれが神様の手によるものだろうと、人の手によるものだろうと、かんべんしてほしい。爆弾《ばくだん》にあたって粉々《こなごな》にくだけちるのも、がれきの下敷《したじ》きになるのもイヤだ。ナチスの親衛隊に連行されるのも、世界をほろぼす大洪水《だいこうずい》でおぼれ死ぬのもお断りだ。平和に暮《く》らすのって、そんなに難《むずか》しいことなのだろうか。

男ものの古い靴《くつ》をはいた女の人が、電車に乗りこんでくる。疲《つか》れきったようすで座席《ざせき》に身を投げだし、目を閉《と》じた。

小さな足には、ぶかぶかの大きな靴《くつ》。きっと内側に、新聞紙か布切れをつめて歩いているんだろう。それでもうまく歩けないらしく、雨でぬれたくるぶしに靴《くつ》ずれができ、血がにじんでいる。

その人はしばらくして気力をとりもどすと、車掌《しゃしょう》さんに、ユダヤ人を乗せたトラックがまだローマじゅうを走りまわっている、と言った。

「聞いた話なんだけど、ドイツ兵は『汚《よご》れ仕事』をするために送りこまれたそうよ。昨日の夜に到着《とうちゃく》したばかりなんですって。だから、道をぜんぜん知らなくて、まちがえてばっかり。なかには田舎のほうまで行っちゃったトラックもあるらしいわ。トラックに乗せられた人たちは、いったいどんな気持ちなんでしょうね」

「うわさによると……」と、別の女の人が口をはさんだ。「兵士たちはローマに初めて来たものだから、あちこち観光してまわっているそうよ。コロッセオやポポロ広場、サン・ピエトロ広場……。写真を撮《と》って、裏《うら》に『みんなによろしく。たくさんのキスを』なんて書いて、家族に送ってるんですって」

それを聞いていた男の人が反論《はんろん》した。

「観光なんてとんでもない！　あいつら、教皇《きょうこう》様を侮辱《ぶじょく》するために、わざわざサン・ピエトロ広場で車をとめて、言ってたぞ。『あんたのおひざもとで、やりたい放題やらせていただくから、よく見てろ！』ってな」

「それで、ナチスのお友だちだったファシストたちはなにしてるの？」と、女の人がたずねる。

「まったく話にもならん。『自分たちはゲットー地区の襲撃《しゅうげき》のことなんてなにも知らされていなかった。イタリア政府が休戦協定を結んで連合軍側についてからというもの、自分たちはドイツの信用を完全に失ったんだから』なんて言ってやがる。だが、そんなのはでたらめだ。ファシストたちも、ヒトラーと組んでイタリアでの主導権《しゅどうけん》を取り返そうとやっきになっているムッソリーニも、あの襲撃《しゅうげき》のことはすべて知っていたのに、ナチス・ドイツを阻止《そし》するために、指一本動かさなかったんだ」

ぼくの脳裏《のうり》に、さっき電車に乗っていた若《わか》い女の人の言葉がよみがえった。ユダヤ人は、人間としての権利《けんり》をうばわれている。モノ同然にあつかわれ、好き放題にされている。そんなふうに言っていた。たしかにそのとおりだ。もしもあの人がユダヤ教徒だったら、あんな口の利き方はしないだろう。だからきっと、あの人はカトリックの信者にちがいない。カトリックの信者がぼくたちユダヤ人の味方になり、ユダヤ人にも権利《けんり》があると言うなんて、すごい勇気だ。自分の命を危険《きけん》にさらすことになるのに。

この電車から降《お》りられる日が来たら、なにがなんでもあの人を見つけだし、伝えなくちゃ。「心から尊敬《そんけい》します。映画《えいが》のヒロインみたいにかっこよかったです！」って。

そうだ、アッティリオにたのんで、いっしょに探《さが》してもらうことにしよう。アッティリオなら、ローマでナチス・ドイツに対する武装《ぶそう》レジスタンス[*2]に加わっている人たちと知り合いだから、きっとあの女の人とも顔見知りだろう。でも、レジスタンスに身を投じている人たちは、そう簡単《かんたん》には姿《すがた》を見せないらしい。透明人間《とうめいにんげん》みたいに暮《く》らしてるんだって、前にアッティリオが言っていた。

アッティリオのことを考えていたら、友だちの名前が次々《つぎつぎ》にうかんできた。グイド、ダヴィド、マルコ、ルイージ、モゼ……。名前だけじゃなく、みんなの顔がまぶたの裏《うら》にあらわれ、笑い声まで聞こえてくる。噴水《ふんすい》で水をかけあったり、棒打《ぼうう》ちゲームで棒《ぼう》を高く飛ばしたり、パチンコで石を飛ばしたりして遊ぶ、にぎやかな笑い声。

たしかにぼくたちは、家族のために働いて、お金を家に入れているけれど、なんといってもまだ子どもだもの。たまには戦争のことなんて忘《わす》れて楽しみたい。人生のすばらしさを満喫《まんきつ》したい。

最初の車掌《しゃしょう》さんは、マフラーをおいていってくれた。日が暮《く》れて寒くなったので、ぼくはそのマフラーをひろげて肩《かた》にかけた。おかげで暖《あたた》かい。

そのままうとうとしながらも、ときどき絶望的な気持ちになる。母さんのことを考えると心配で胸《むね》がはりさけそうだ。すると、頭のなかで、「不吉《ふきつ》なことばかり考えてはダメだ」という怒《おこ》った声が聞こえる。そこで、ぼくは母さんが解放されて、無事でいるところを思い描《えが》く。きっとそうに決まってるって全力で願うんだ。願いごとというのは、全力で願ったときに初めてかなうものだ。だから、ぼくは全力で願う。どうかお願いです。ぼくの母さんのヴィルジニア・ピアッツァが、いまごろあのトラックの荷台から飛びおりていますように。母さんを家政婦としてこきつかおうともくろむナチス・ドイツの手から逃《のが》れていますように。そして、どこかでぼくを待っていて、家に帰ったら、またチーズとコショウのスパゲッティを作ってくれますように。母さんが、映画《えいが》の音楽を口ずさみながらミシンでつくろった古着を、ぼくはまた市場へ売りに行くんだ。

夜になって、運転士さんが電車を車庫に入れる時間になっても、ぼくはまだ電車に乗っている。ほかにどこへ行くあてもない。今日の午後、路面電車に乗っていた人たちが言っていた。ローマの街のいたるところで「ユダヤ人狩《が》り」がおこなわれているらしい。

車庫は暗かった。

運転士さんが車両のスイッチを切ると、いつのまにかふたりの男の人が車内に入ってきた。ひとりは今朝の車掌《しゃしょう》さん。マリオという名前だと教えてくれた。手に、飯盒《はんごう》と毛布を持っている。飯盒《はんごう》のなかには、ジャガイモと溶《と》き卵《たまご》の入った温かなスープ。

「食べなさい」

車掌《しゃしょう》さんのとなりにいる若《わか》い男の人は、よく似ているから、きっと息子さんなんだろう。ポケットから出したリンゴをぼくにくれた。

「洗《あら》ってあるから、皮ごと食べられるよ」

ぼくにとっては、果物なんてめったに食べられない高級品だけど、あれば、洗《あら》ってあるかどうかなんて気にせずに、そのまま食べてしまう。アンズだったら種まで食べられる。殻《から》をつぶして種の中身を口に入れると、たいていアーモンドみたいに甘《あま》いんだ。たまに苦いときもあるけれど。そんな食べ方を教えてくれたのは、母さんだ。

ふたりが行ってしまうと、ぼくは車内でひとりぼっちになった。

食べはじめる前に、両手で飯盒《はんごう》をかかえて、手を温める。母さんには温かいスープや毛布を持ってきてくれる人もいなくて、いまごろきっと、ひもじい思いをしてるんだろうな、なんて考えてしまう。けれども、すぐにまた、怒《おこ》った声が頭のなかでひびきわたった。

「不吉《ふきつ》なことを考えるのはやめるんだ、エマヌエーレ！」

きっと、母さんもどこか安全な場所にかくれていて、ぼくとおなじように親切な人に食べものを恵《めぐ》んでもらったに決まってる。

スープにはチーズも入っていて、こくがある。

それを味わいながら、ぼくは無理にでもなにか楽しいことを考えようとする。ぼくの人生に悲劇《ひげき》はいらない。いままで悲劇《ひげき》なんて一度も受け入れたことがなかった。だから、おばあちゃんが「ユダヤ人は迫害《はくがい》されし民《たみ》だ」なんて口にすれば、その場を離《はな》れたし、なるべくゲットー地区を出て、裕福《ゆうふく》な人の住む地区に行くようにしている。そういう場所には美しいものがあふれていて、開いた窓《まど》からはピアノの音色が聞こえてくる。道路の掃除《そうじ》は行き届《とど》いているし、庭《にわ》には花が咲《さ》き乱《みだ》れている。戦争になっても、そこは爆撃《ばくげき》を受けることもなければ、住民が連れ去られることもない。

少し眠《ねむ》ろうとしたけど、なかなか寝《ね》つけない。真っ暗で、寒いせいだけじゃなく、胸《むね》の内でうずまいているたくさんの心配ごとのせいだ。

体がふるえる。ヒツジを数えてもぜんぜん眠《ねむ》くならないから、頭のなかでレジネッラ通り沿《ぞ》いにある窓《まど》を数えてみる。次にサンタンブロージョ通り沿《ぞ》いの窓《まど》、それからパガーニカ通りの窓《まど》も。窓《まど》という窓《まど》をひとつ残らず覚えていて、まちがえずに数えられたけど、やっぱり眠《ねむ》くはならなかった。

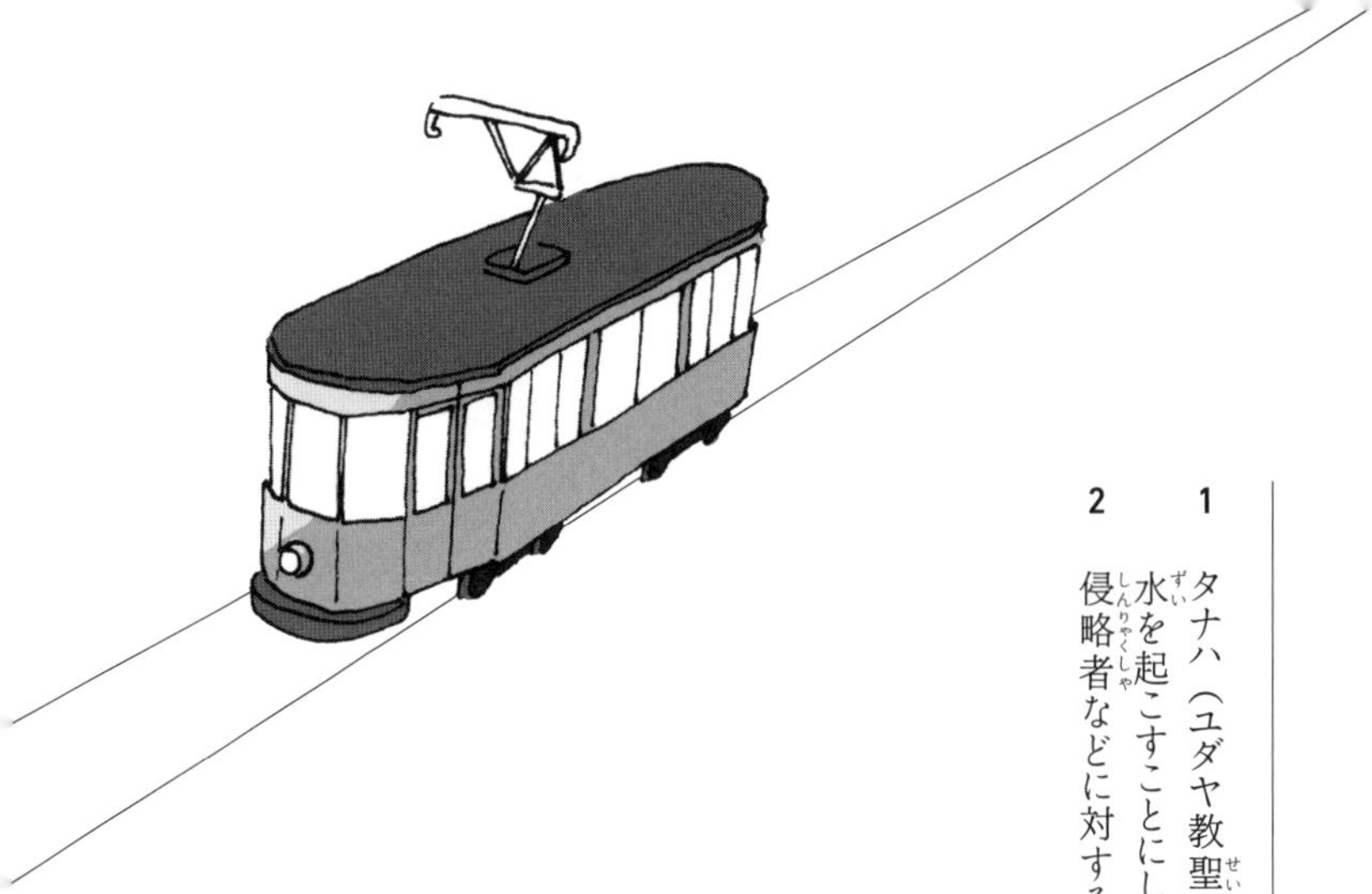

1 タナハ（ユダヤ教聖書《せいしょ》）に登場する人物。人間の堕落《だらく》した生活に怒《おこ》った神が世界に洪《こう》水《ずい》を起こすことにしたとき、神の指示を受けて生命を絶滅《ぜつめつ》から救った

2 侵略者《しんりゃくしゃ》などに対する市民の抵抗《ていこう》運動

7

猫《ねこ》が鳴く悲しげな声で目が覚めた。目を開けても、すぐには自分がどこにいるのかわからない。手をのばして、ベッドで寝《ね》ているナンド兄さんをさぐるけど、空《くう》をつかむばかりだ。ぼくが寝《ね》ているのは路面電車の座席《ざせき》の上……？　そのとき、ようやく思いだした。ああ、そうだった。ナチスの親衛隊にトラック……。母さんを助けに行かなくちゃ！

次の瞬間《しゅんかん》、耳のおくで「レシュッド！」とさけぶ母さんの声が聞こえ、この子はクジラの口のなかに自分から飛びこんだのよ、とセッティミアさんに話す、母さんの怒《おこ》った顔がまぶたの裏《うら》にうかぶ。

「エマヌエーレ、バカなまねをしないで」と、母さんに言われているような気がする。

「親衛隊につかまったら、母さんが許しませんからね！」

その声があまりにリアルで、耳もとから聞こえたものだから、ぼくは一瞬《いっしゅん》、まだ自分が家にいて、母さんといっしょに窓《まど》から外をのぞき、銃声《じゅうせい》の聞こえてくる方角を確かめているような気がした。

銃声《じゅうせい》も戦争も、もうたくさんだ。世界の支配をもくろみ、劣等《れっとう》なユダヤ人は根絶やしにしようなどと考える頭のおかしい人たちにもうんざりする。これ以上、苦しみや恐怖《きょうふ》を増やさないでほしい。

「もうイヤだ！　やめてくれ！」

ぼくはこぶしで電車の窓《まど》ガラスをたたいた。力を入れすぎて手がいたくなったぶん、気持ちのほうは少し落ち着いた。手のいたみが心のいたみをまぎらわせる。もし、ここに母さんがいたら、きっとこんなふうに言うだろう。

「エマヌエーレ！　あんたって子は、どうして困《こま》ったことばかりしでかすの……」

でも、それは本心じゃない。母さんは、ぼくが困《こま》ったことばかりしてるわけでも、自分からやっかいごとに首をつっこんでいるわけでもないことをちゃんとわかってる。ぼくは、母さんに似て頭がいい。芯《しん》の強さも母さんゆずりだし、性格だってそうだ。口の形も笑顔もよく似ている。ぼくが笑うと、みんなから、「お母さんにそっくりね」って言われるんだ。

また猫《ねこ》が鳴きはじめた。ずいぶんか細い声だ。猫《ねこ》もたいへんなときだとわかっているんだろう。最近、ローマの街では猫《ねこ》もあまり見かけなくなった。つかまえられて調理され、ウサギの肉の代わりに高級レストランでドイツ軍やファシストのおえらいさんに出されちゃったんだってうわさされている。でも本当はそうじゃない。猫《ねこ》をつかまえたのは、よその街からローマにおしよせてきた、空腹《くうふく》をかかえた人たちだ。あの人たちは、教皇《きょうこう》のいるこの街なら命が助かると思って来たんだ。「教皇《きょうこう》のいるローマに、連合軍が爆弾《ばくだん》を落とすわけない」ってね。ところが、ぜんぜんそんなことはなく、サン・ロレンツォ地区は連合軍の空爆《くうばく》で壊滅《かいめつ》的な被害《ひがい》を受けた。

あのとき、母さんはぼくにこう言った。

「エマヌエーレ、あのあたりに行ってはいけないよ」

でも、ぼくはなにが起こっているのか、どうしても自分の目で確かめたかった。爆発音《ばくはつおん》がくりかえしひびき、地面がゆれ、無数の爆弾《ばくだん》を落としながら飛行機が低空飛行していくのが見えた。避難所《ひなんじょ》は、泣きさけぶ人や祈《いの》る人であふれていた。

ぼくは妹の手をにぎりながら、必死になってなだめようとした。だいじょうぶ、爆撃《ばくげき》はすぐに終わる。映画《えいが》のなかだと思えばいい。本当はなんにも起こってなくて、血はトマトソースだし、爆弾《ばくだん》だってカトリック信徒が新年を祝うために使う爆竹《ばくちく》なんだ。でも、妹はそんな話は信じなかった。まだ小さいからといって、べつにバカなわけじゃない。だきしめているぼくの腕《うで》のなかで、ずっとふるえていた。

次の日、ぼくはアッティリオに、空襲《くうしゅう》のあとをいっしょに見に行かないかと聞いてみた。すると、アッティリオは、「行こう」と即答《そくとう》した。ちょうど行こうと思っていて、ぼくをさそおうかどうか迷っていたらしい。

「なんで迷ってたの？」

「見たら、おまえはきっとショックを受けるだろうと思って」

「ぼく、度胸《どきょう》ならあるよ」

ぼくは胸《むね》をはって答えた。

ところが、空襲《くうしゅう》のあった場所に近づくにつれて、背中《せなか》がじっとりとしめってきた。おでこからも汗《あせ》がふきだし、こめかみをつたって、えりもとへと流れていく。道は寸断《すんだん》されて、あらゆるところに穴《あな》があいていた。陶器《とうき》やガラスの破片《はへん》がちらばり、土ぼこりにまみれている。建物の屋根はくずれ、天井をつきやぶった梁《はり》が空にむかってのび、窓《まど》わくにはカーテンの残骸《ざんがい》がぶらさがっていた。

「引き返すか？」

アッティリオが、ぼくのようすを気づかって言った。

「だいじょうぶ」

でも、そのあと、人の腕《うで》が一本落ちていて、周囲のがれきの山のあいだで体がばらばらになっているのを見たとき、ぼくはたえきれなくなった。壁《かべ》にもたれかかり、胃《い》のなかにあったわずかばかりのものをはいた。

いたるところで人が死んでいた。そのあいだを、ひとりのおばあさんが、名前を呼《よ》びながら歩いている。

「レモー、アンニーナ、マルチェッロ！　お願いだから返事をしておくれ！」

あたりでは、女の人たちが泣きさけんでいる。けれども、それよりもっと多くの女の人や子どもたちが死んでいた。空襲《くうしゅう》は、武器を持たない人たちが身をよせていた避難所《ひなんじょ》を直撃《ちょくげき》したんだ。素手《すで》でがれきを掘《ほ》りながら泣きわめいているおじいさんも見かけた。

「ちくしょう、ムッソリーニのやつめ！」

そんな言葉をファシストに聞かれたら、頭を一発撃《う》ち抜《ぬ》かれて殺されてしまう。それでも、おじいさんに口をつつしめと言う人はだれもいなかった。

「もうもどろう」と、アッティリオ。

帰ろうとしてヴェラーノ通りに入ったら、さらにひどい状況《じょうきょう》が待ちうけていた。ローマの街を囲む城壁《じょうへき》の一部と、その近くにあったお墓が、いっしょにふきとばされていたんだ。こっぱみじんになった墓石に、折れた木の枝、彫刻《ちょうこく》や大理石の破片《はへん》が道をふさいでいた。

「おい、帰るぞ！」

アッティリオは、一歩も前に足をふみだせなくなったぼくを、引きずるようにして歩いた。どのくらいそこにいたのかはわからない。教皇《きょうこう》がやってきて、墓地の前に並《なら》べられた死者に祝福を与《あた》えたときには、だれもが静かに祈《いの》りをささげていた。ところが、そのあとリムジンに乗ってやってきた国王を見ると、人々《ひとびと》は怒《いか》りをあらわにして、車に石を投げつけた。

「あんたのお情けなんてほしくない！　あたしたちが望んでいるのは、平和な暮《く》らしなの。こんないまいましい戦争はもうたくさん！」と、さけんでいる人もいた。

声をあげていたのは、ほとんどが女の人だった。国王にむかってわめきちらし、泣きさけび、石を投げつけていた。国王はあわててリムジンをUターンさせ、逃《に》げるように去っていった。

ひとりで暗い車庫にいると、記憶《きおく》のなかの出来事が、見たくもない映画《えいが》のシーンのようにまざまざとよみがえる。イヤな記憶《きおく》なんて消してしまえる薬があればいいのに。

本当にいまいましい戦争だ。ナチスの親衛隊は家に土足でふみこむし、連合軍は爆撃《ばくげき》を続け、ボトルみたいな形の爆弾《ばくだん》を飛行機から落としていく。おもちゃのように見えるその塊《かたまり》は、「白《はく》リン弾《だん》」といって、地面に当たったとたんに爆発《ばくはつ》し、あたり一帯を地獄《じごく》に変えてしまうんだ。

あのときはけっきょく、アッティリオがなんとかその場からぼくを引きはがし、まっすぐ道の先を見るようにしろ、足もとを見ちゃダメだ、と教えてくれた。

やっとの思いで家にたどり着いたぼくが、ぼうぜんとしているのを見て、母さんはあえてなにもたずねようとしなかった。ただし、サン・ロレンツォ地区へ行って、死体だらけの場所を歩きまわってきたことは見ぬいたらしく、ぼくの手に石けんをにぎらせて、こう言った。

「水飲み場へ行って、体をよく洗《あら》っておいで」

ぼくは言われたとおり、近くの水飲み場まで行き、シャツを脱《ぬ》いで、体と顔に石けんをつけた。あわを立てて全身をごしごしこすり、洗《あら》い流してから、また石けんをつけた。体じゅうにこびりついた死体のにおいや土ぼこりを落とすために。なにより、目の前で見たものを記憶《きおく》から消し去るために。

あんなにいっしょうけんめいこすったのに、記憶《きおく》は消せなかったらしい。その証拠《しょうこ》に、いまでもぼくの頭のなかにぜんぶ残っていて、あのときの光景が映画《えいが》のようにくっきりと映《うつ》しだされる。

8

いつのまにか猫《ねこ》の声がしなくなった。どこかへ逃《に》げたのかもしれないし、だれかにつかまって、なべに放りこまれたのかもしれない。

車内の空気が悪くなってきたので、窓《まど》を開けると、ぬれた土や草、暖炉《だんろ》で燃えるたきぎの煙《けむり》のにおいが外から入ってくる。ぼくは、母さんが暖《だん》をとるためにつけてくれる台所のストーブを思いだした。ものすごく寒かった冬に、古い大きな衣装箱をばらして、少しずつ燃やしたこともあった。夜になると、ぼくたちはみんなしてストーブのまわりに集まる。するとたいてい、リアおばさんのように、なにかお話をしてくれる人がいるんだ。空っぽのおなかをぐうぐう鳴らす人がいても、気にしない。

リアおばさんのお話のなかには、ユダヤ教の聖書《せいしょ》であるタナハに出てくるルツの物語もあった。ルツ、という名前で、ぼくはトビアさんの娘《むすめ》のルツのことを思いだした。ぼくとおなじ十二歳《さい》で、会うたびににっこり笑いかけてくれる。ぼくはたぶん、ルツのことが好きなんだと思う。ルツの話し方も、歩き方も、弟や妹たちの面倒《めんどう》をいつもみていることも、ぼくを見るときのまなざしも……そう、なにからなにまで。どうしていまごろ、そんなことに気づいたんだろう。きっといままでは、エステルのことで頭がいっぱいで、まわりが見えてなかったんだ。

ああ神様、どうかルツがつかまっていませんように。どこかで無事にいてくれますように！　最後にルツを見かけたときのことを、ぼくは思いだそうとした。あれはたしか、〈亀《かめ》の噴水《ふんすい》〉広場だった。噴水《ふんすい》のすぐ近くだ。その前に見たのは？　その前の前はどこで会ったっけ？

いつしか、ぼくは眠《ねむ》っていた。

運転士さんがやってきたとき、ぼくは毛布の下で丸くなっていた。

「おい、ぼく」と、肩《かた》をたたかれる。

はっとして目を開けた。ここはいったいどこだ？

車庫には明かりがついていて、開いたドアのむこうから、事業所で働く人たちの声が入ってくる。

ぼくはすばやく立ちあがって毛布をたたむと、座席《ざせき》におき、その上にすわった。

ぼくを起こしてくれた運転士さんは、やせた男の人で、ぶかぶかのシャツのえりもとから、ニワトリみたいな首がのぞいている。

「寒くないか？」

ぼくは首をふる。

「眠《ねむ》れたかい？」

今度はうなずく。

なにか聞きたそうな顔をしている。きっと、「親衛隊の手からどうやって逃《に》げだしてきたのか」とか、「よくつかまらなかったな」とか言いたいのだろう。けれども考えなおしたらしく、なにも聞かずに紙袋《かみぶくろ》を差しだした。

「これを食べなさい」

袋《ふくろ》のなかには、チリオーラパンがまるごとひとつ。スライスしたチーズが何枚《まい》かはさまっている。運転士さんは水筒《すいとう》も持たせてくれた。

「少し小さいが、空になったら、水飲み場でくめばいい」

運転士さんは、両手をこすり合わせて温めながら、ときどきせきこんでいる。

すると、車掌《しゃしょう》さんが、「おくさんの具合はどうなんだい？」とたずねた。

「あいかわらずさ」と運転士さんは答え、またせきこんだ。

「そろそろ出発の時間だ」

ぼくは、もらったパンを三つにちぎり、朝、昼、晩《ばん》と分けて食べられるようにした。ひとりでパンをまるごと一個食べられるなんて、ひさしぶりだ。

外はまだ暗い。朝の五時のローマの街は空っぽに見えるけど、本当は大勢の人が動いているのをぼくは知っている。通りでは、露天商《ろてんしょう》や古着集めの人たちが歩きまわっているし、ゴミのなかからまだ食べられそうなものを探《さが》している人や、タバコを手に入れようと列に並《なら》ぶ人たちもいる。タバコは、一箱で一キログラムのパンと交換《こうかん》してもらえる。でも、タバコを手に入れるには配給券《はいきゅうけん》が必要だし、ユダヤ人のなかには配給券《はいきゅうけん》を持っていない人もたくさんいる。タバコの列には交代で並《なら》ぶ。石炭の配給のときもそうだ。石炭を売るお店はファレニャーミ通りにあって、カンピテッリ広場から始まる行列に、夜の八時から並《なら》ばなくちゃならない。ぼくが当番のときには、夜中の二時に並《なら》び、朝の六時ごろにようやく順番がまわってくる。四百メートルあるかないかの距離《きょり》を進むのに、四時間もかかるんだ。そんな苦労をしても、手に入るのは石炭がたったひと袋《ふくろ》。しかも、一回の配給量は日ごとに減っていく。

しばらくのあいだ、電車にはだれもお客さんが乗ってこない。今日は日曜日で、カトリック信徒にとっては安息日《あんそくび》だ。

昨日は、ぼくたちユダヤ教徒の安息日《あんそくび》の土曜日だったのに、悲劇《ひげき》の一日となった。金曜日にみんなで映画館《えいがかん》に行ったときには、まさかこんなことになるなんて、だれも想像していなかった。

いま考えると、金曜日の午後、母さんはどこか落ち着きがなかった。映画《えいが》で、よそから来たふたりが警察《けいさつ》に呼《よ》びとめられ、身分証を持っていないことがわかって逮捕《たいほ》されるシーンになると、母さんはあわてて自分のバッグを開け、ぼくたちの身分証がちゃんとそこにあるかを確かめようとした。あせったようすでバッグの中身を出し、身分証を見つけると、ほっとした表情になった。

「これがないと、万事休すだからね」

あのとき、母さんはそう言った。

身分証があったって、どうせ万事休すじゃないか……。ぼくは、心のなかでそう思っていた。だって、ぼくたちの身分証には「ユダヤ人」と書かれていて、それは彼《かれ》らにとっては、なんの価値《かち》もない人間だという意味なんだから。けれども、そんなことを言って母さんを苦しめたくなかった。映画《えいが》の続きを観《み》ているうちに、母さんの顔から恐怖《きょうふ》の色が消え、とりわけふたりが釈放《しゃくほう》されたシーンではうれしそうだった。映画《えいが》が終わるまで、いや、映画《えいが》のあとも、ナチスの親衛隊がやってくるまで、母さんは久しぶりにとても楽しそうだった。ぼくたちが「汚《きたな》いユダヤ人」なんて呼《よ》ばれることもなく、市民としての権利《けんり》も否定《ひてい》されていなかったころみたいに。

そのときとつぜん、ミサを知らせる教会の鐘《かね》が鳴りだした。

ぼくも母さんも、鐘《かね》の音《ね》が好きだ。

「鐘《かね》の音《ね》って美しい音楽みたいよね」

そう言いながら、母さんはミシンにむかってちょっとしたつくろい物をし、その代わりに、ひとにぎりのインゲン豆とか野菜とか、あるいは小麦粉だとかいったものをもらってくる。母さんは、ぼくたち子どものお皿を料理で満たすために、あらゆる工夫をする。そしていつも、「わたしたちは恵《めぐ》まれてるわ。屋根の下で暮《く》らせてるんだから。あなたたちも不平ばかり言わずに、困《こま》っている人たちのことも考えるようにしなさい」って言うんだ。

もちろん、ぼくだって考えている。寒くてたまらないのに、石炭どころか、燃やすたきぎさえ一本もなくて、おまけに外は雨だったりすると、なんてひどい人生なんだと思うけど、そんなときに、寒さをしのぐためのダンボールもないのに路上で生活している人たちのことを考えると、文句をのみこんで、神様に感謝しなくちゃって思うんだ。

日がのぼると、路面電車もしだいに乗客で混雑してきた。車掌《しゃしょう》さんがときおり、ぼくのようすを気にかけてくれる。きっと昨日のマリオという名前の車掌《しゃしょう》さんがえらい人で、同僚《どうりょう》にぼくを見守るように指示を出してくれたんだろう。だとしたら、とても重い責任をゆだねたわけだ。だって、もしユダヤ人をかくまっていることが親衛隊に知られたら、ドイツに連行され、家族にも二度と会えないだろうから。路面電車の乗務員さんたちは、神様がつかわしてくれた天使なんだ、とぼくは思った。だから、できるだけ人目につかないように、だまっておとなしくすわっていないと。パンの入った紙袋《かみぶくろ》をシャツの下にかくし、上からマフラーでそのふくらみをおおう。

独立広場の停留所で、周囲の人をひじでおしのけながら、ひとりの男の人が乗ってきた。紳士《しんし》のように立派《りっぱ》な身なりをしているくせに、することはまるで乱暴《らんぼう》だ。いっしょにいる女の人とずっとしゃべっている。

「ゲットー地区だけでも、千人近くつかまえたらしい。それに、ローマをうろついている連中もだ。きれいさっぱりいなくなったよ」

女の人がばつの悪そうな表情をうかべると、男の人はそれに気づいて、わざと声をはりあげた。

「作戦は完ぺきだったたな。前もってゲットー地区の周囲で銃声《じゅうせい》をひびかせたおかげで、住民はみんな家に閉《と》じこもっていた。土曜日に作戦を実行したのはユダヤ人の安息日《あんそくび》だからだ。いいか？　あいつらが休んでいるあいだも、われわれは働いてるんだ」

黒シャツを着ていなくてもすぐにわかる。この人はファシストだ。乗客たちは、男の人から少し距離《きょり》をおいた。ところがひとりだけ、そのとおりだとあいづちを打ちながら話に加わってきた人がいた。

「ナチス・ドイツは鉄のような集団ですよ。達成すべき目的がはっきりしていて、ぜったいにあとへは引かない。さっさと白旗をあげて逃《に》げだした、どこぞのイタリア人とはちがいますね」

政治にくわしくないぼくでも、「どこぞのイタリア人」というのが、バドリオ首相といっしょに南部のプーリアへ逃《に》げた国王のことを指しているのだということくらいわかる。

「だからこそドイツは、世界を征服《せいふく》する国となるでしょう」

その乗客は、ずり落ちてきたメガネをおしあげた。そして、「連行されたユダヤ人たちは、ルンガーラ通りの陸軍士官学校に集められ、まずはノミ退治《たいじ》をされるらしいですぞ」と続けた。

それを聞いた男の人は、げらげらと笑いだした。口のおくで金歯が二本光っている。ぼくは怒《いか》りをこめて、その金歯をにらんだ。こいつのこと、ぜったいに忘《わす》れるもんか。ずっと覚えていて、戦争が終わったら、こいつをいすにくくりつけ、頭からノミをどっさりぶちまけてやるんだ。ノミに刺《さ》されまくって、口からも耳からもノミに入られて、心臓《しんぞう》まで刺《さ》されてしまえばいい……。あんまり腹《はら》が立って、その男の人の顔面をこぶしでなぐりたくなるのを、ぼくは目をつぶり、歯を食いしばってこらえた。

そのとき、車掌《しゃしょう》さんがぼくの腕《うで》をつついた。

はっとして目を開けると、金歯の男の人がけげんそうな顔でこちらを見ている。

「おまえ、ずっとここでなにしてるんだ。たしか昨日も乗ってたよな。家がないのか？」

「この子は、わたしの甥《おい》っ子《こ》でして……」

ぼくの代わりに車掌《しゃしょう》さんが答えてくれた。それから、切符《きっぷ》を切るハサミで鉄製の手すりをカンカンとたたきながら、声をはりあげた。

「すみませんが、もう少し前につめていただけますか。後ろのほうがたいへんこみあっておりますので」

男の人は、まだ納得《なっとく》がいかないという顔でこちらを見ている。ぼくは、その人から目をそらさないようにしながら、ゆっくり深呼吸《しんこきゅう》した。わなにかかっておびえている獲物《えもの》だと思われたら、たまらない。

「つめていただけますか？　もう少し前にお願いします！」

通路をふさいでいたふたり連れは、やっとむこうへ行ってくれた。

それにしても、ユダヤ人を陸軍士官学校へ連れていき、「ノミ退治《たいじ》」をするって、いったいどういう意味なんだろう。

金歯の男の人は、もう一度こちらをふりかえり、ぼくを見ている。あいつもぼくの顔を覚えておく気なんだろう。紳士《しんし》のような立派《りっぱ》な身なりのくせに、ふるまいは乱暴《らんぼう》なあいつなら、ぼくの存在《そんざい》をナチス・ドイツに通報すれば、千五百リラが手に入ることぐらい知っているはずだ。ただし、それは子どもの場合の金額で、大人の男の人のことを通報すれば五千リラ、女の人なら三千リラ支払《しはら》われることになっている。それが、ぼくたちユダヤ人につけられた値段《ねだん》だった。実際に、ユダヤ人を売りわたしてお金をもうけた人たちも少なくない。友人だと思っていた人から裏切《うらぎ》られ、何家族もがまとめて連行されていった。スパイ行為《こうい》をはたらいた人たちのなかには、ぼくたちの知っている人もいる。汚《きたな》いまねをしたとわかって、みんなから関係を絶たれた人だけじゃない。だれも疑《うたが》ってなかったのに、戦争が終わってから、スパイ行為《こうい》をはたらいたことが明らかになった人もいたんだ。そういう人たちは、自分はなにも知らない、密告《みっこく》なんてぜったいにしていない、神に誓《ちか》ってもいいが後ろめたい行為《こうい》なんてひとつもしていない、などと言いはることになる。

レジネッラ通りに住んでいるチェレステ・ディ・ポルトという若《わか》い女の人も、とても美人でみんなのあこがれの的だったけど、じつは密告者《みっこくしゃ》だった。あとになってそのことを知ったとき、ぼくはとうてい信じられない気持ちになるんだ。

男の人がぼくから目を離《はな》そうとしないものだから、車掌《しゃしょう》さんは、ある作戦に打って出た。かばんを開け、お弁当のパンを少しぼくに分けながら言ったんだ。

「しっかり食べるんだぞ。でないと、おれがおまえのおっかさんにしかられる」

それは、ぼくたちが本当に親戚《しんせき》だとだれもが納得《なっとく》する光景だった。これほど食べものに困《こま》っているご時世に、血もつながっていない者と食べものを分け合う人なんていないから。


ルンガーラ通りにある陸軍士官学校の場所なら、ぼくも知っている。大きな中庭のある建物だ。ときどき近くを通りかかると、訓練をしているたくさんの兵士たちが見える。

さっき聞いたメガネの男の人の話が頭のなかでぐるぐるとまわりつづけている。なかでも「ノミ退治《たいじ》」という言葉が気になってしかたない。それってつまり、つかまったユダヤ人たちは、あの中庭で降《お》ろされ、お金やジュエリーをかくし持っていないか、身体検査をされているってことなのだろうか。きっとそうにちがいない。ナチス・ドイツは、供出《きょうしゅつ》させた金《きん》五十キロだけでは満足できず、ユダヤ人がまだ持っているだろう財産を、そっくりうばいとろうとしているのかもしれない。ぼくは外の状況《じょうきょう》をもっと知りたくて、電車の乗客たちの会話に耳をすませてみたものの、ルンガーラ通りのことを話している人はいなかった。聞きたいことが山ほどあるのに、だれからも疑《うたが》いの目をむけられないよう、だまっていなければならないなんて……。

雨がしとしとと降《ふ》りつづけ、まるで夕方のように街灯がともっている。ミサの始まりを告げる鐘《かね》が鳴り、人々《ひとびと》は教会へと急ぐ。ぼくは昨日の若《わか》い女の人のことを考えた。車内の男の人にむかって、「自分を愛するように、あなたの隣人《りんじん》を愛しなさい」という言葉の意味を本当にわかっているのか、と問いただした人だ。口をつぐませようとする相手に、勇《ゆう》敢《かん》に立ちむかう女の人の姿《すがた》が頭から離《はな》れない。

するとそのとき、「……そう、ルンガーラ通りだ」と、だれかが言うのが聞こえた。昨日の夜のうちに、つかまった人の家族や友人が、消息をたずね、差し入れをするために、陸軍士官学校に行ってみたと話している。身分証の記載《きさい》内容にもとづいて、ユダヤ人と、ユダヤ人でない人、そしてユダヤ人の血がまじった人に分けて、それぞれ大部屋におしこみ、逃《に》げだす人がいないよう、窓《まど》を板でふさいでいるらしい。

そうか、これが「ノミ退治《たいじ》」の本当の意味なのか。ナチス・ドイツは身分証を確認《かくにん》してるんだ。いったい母さんはどうなるんだろう。

母さんが陸軍士官学校にいるわけない！　ぼくの頭のなかで、怒《おこ》った声がひびいた。乗客たちの話し声は続いている。

「いったいどこへ連れていかれるんでしょうね」

「ドイツだよ」

そんなのウソだ！

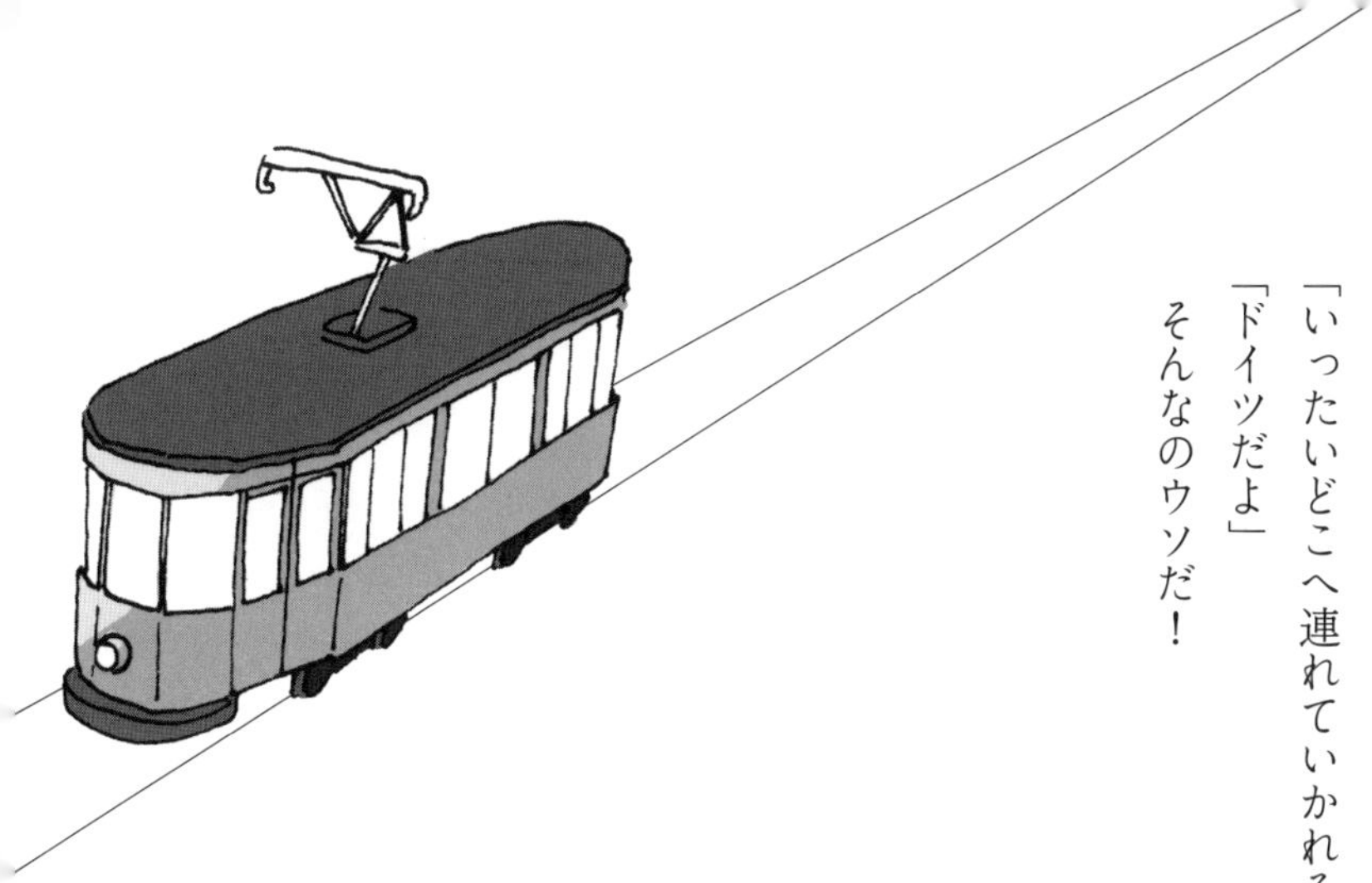

9

路面電車がヴェネツィア広場のあたりにさしかかる。ぼくは、以前、むかいの建物のバルコニーにムッソリーニが姿《すがた》を見せるたび、広場が熱狂《ねっきょう》的な人々《ひとびと》であふれていた光景を思いだした。だれもがいっせいに旗や帽子《ぼうし》をふり、盛大《せいだい》な拍手《はくしゅ》を送り、子どもたちは肩車《かたぐるま》をしてもらって、その光景を見ていた。ムッソリーニはバルコニーでふんぞりかえり、軍服のベルトをつかみ、あごを前につきだして立っていた。あいつが口をひらくと、広場じゅうが静まりかえり、演説が終わったとたん、われんばかりの拍手《はくしゅ》と歓声《かんせい》がわきおこったものだ。

最初のうちは、ぼくもそんな光景を見て感激《かんげき》していた。わきたつ広場の群衆《ぐんしゅう》を前に、バルコニーでイタリア国民にむかって呼《よ》びかけるムッソリーニ。あのとき、ムッソリーニはたしかにぼくにも話しかけていた。ぼくは、みんなと変わらないイタリア人で、学校に行くときは、みんなとおなじようにバリッラ少年団*1の制服を着ていた。だけど、あのころからぼくは、あいつの演説が好きになれなかった。戦争も好きになれない。戦争は食糧《しょくりょう》難《なん》をもたらすだけだって、一九一五年から一九一八年にかけての大戦を経験したおばあちゃんも言っていた。人々《ひとびと》を飢《う》えさせ、罪のない人がたくさん死んでいくんだよ、って。

その後、ムッソリーニが人種法を定めてユダヤ人を迫害《はくがい》しはじめると、ぼくは演説を聞きに行かなくなった。あいつの演説を聞いていると、怒《いか》りがふつふつとこみあげるんだ。あいつは、自分とおなじ人間――純粋《じゅんすい》なアーリア人で、戦い好きで、乱暴《らんぼう》――以外は価《か》値《ち》がないと思っている。ぼくたちユダヤ人は、そのうちのどれにも当てはまらない。

一九四〇年六月十日、イタリアがイギリスとフランスに対して宣戦《せんせん》布告したとき、アッティリオはあのバルコニーの下の広場へぼくを連れていき、こんなことを言っていた。

「この演説によって、イタリアは破滅《はめつ》の道をたどることになる」

あのころまだ八歳《さい》だったぼくには、なにも理解できなかった。広場はわれんばかりの歓《かん》声《せい》に包まれていた。まるで、だれかが救世主《メシア》の到来《とうらい》でも告げたかのように。ぼくの手を引き、ゲットー地区までもどるあいだ、アッティリオはムッソリーニの口まねをしてみせた。

「不退転《ふたいてん》の決意のときだ……。西洋の金権《きんけん》民主主義や、反動的民主主義の……」

「なにを言ってるの？」

「あとで説明してやるよ」

そう約束したのに、そのあとアッティリオは近所の友だちに会って、いっしょにどこかへ行ってしまったんだった。

ぼくは、あの日のことをはっきりと覚えている。ムッソリーニは、「われわれはこれ以上、おどしに屈《くっ》しつづけるわけにはいかない。すでにイギリスとフランスの大使を通じて、宣戦《せんせん》布告の決意を知らせた」と言った。すると聴衆《ちょうしゅう》は手をたたき、口笛をふき、旗をふりながら、「そのとおりだ！」とわめいていた。

そのおなじ広場が、いまはひっそりと静まりかえっている。ムッソリーニはナチス・ドイツの協力を得《え》てイタリア北部で独立政権《せいけん》を築き、国王は首相といっしょに南部のプーリアにいる。イタリアを解放しようとする連合軍が空から爆弾《ばくだん》を落とし、ナチス・ドイツはわがもの顔でイタリア国内を闊歩《かっぽ》するなか、ファシストたちは自分たちの身を守り、侵《しん》略者《りゃくしゃ》のごきげんをとるために、ぼくたちユダヤ人を密告《みっこく》する。「二重の意味で裏切《うらぎ》り者《もの》」であるユダヤ人は、みんなのために犠牲《ぎせい》にならなければならない。それがあいつらの口実なんだ。

いまごろきっと、母さんはルンガーラ通りに連れていかれ、病気のナンド兄さんのことを心配しているにちがいない。兄さんは病院に連れていってもらえて薬を飲めただろうかとか、あのあとぼくは逃《に》げのびられたのだろうかとか、あれこれ考えているにちがいない。もしかすると、金《きん》やジュエリーをかくし持っていないか取り調べを受けていて、なにも考えるひまなんてないのかもしれないけれど。

午後は、昨日とおなじようにすぎていく。路面電車はローマの街を走り、停留所でとまり、乗客を降《お》ろし、新しい乗客を乗せ、また走りだす。おしゃべりをする人、息を殺したまま一言も発さない人、話す気力もない人……。ぼくは、おしっこをしたくなって電車から二、三回降《お》りたけど、すぐにまた車掌《しゃしょう》さんのとなりの席にもどった。毛布はたたんでお尻《しり》の下に敷《し》き、昨日の車掌《しゃしょう》さんに借りた青いマフラーを首に巻《ま》いている。窓《まど》ガラスに映《うつ》る自分の姿《すがた》を見たとき、急に心配になった。もしあの金歯の男の人がぼくのことを密告《みっこく》するとしたら、まちがいなくこんなふうに言うだろう。

「昨日からずっと市内循環《じゅんかん》の路面電車に乗っている、青いマフラーの男の子はユダヤ人ですよ」

そうしたら、ぼくはたちまち見つかって、つかまってしまう。そこで用心のためにマフラーをはずすと、毛布のあいだにはさみ、その上からすわりなおした。

「バドリオ内閣《ないかく》がドイツに対して宣戦《せんせん》布告したぞ」

新聞を片手《かたて》にさけんでいる男の子がいる。

「古いニュースだな」と、車掌《しゃしょう》さんがつぶやく。

そんなことがあったなんて、ぼくは知らなかった。

「インチキのニュースだよ」帽子《ぼうし》を目深《まぶか》にかぶった男の人が言う。「ムッソリーニ政権《せいけん》は、まだたおされちゃいない。ムッソリーニはサロ共和国を樹立《じゅりつ》したんだから」

「あんなのは、ヒトラーが望み、意のままにあやつっている傀儡政権《かいらいせいけん》にすぎないよ。もはやムッソリーニなんて、なんの力もないさ」とだれかが言う。

「そうかもしれん。だが、連合軍はまだ南の果てだぞ。これからいったいどうなるんだ？」

だれも答えようとしない。

きっと最悪の結末をむかえるんだ、とぼくは心のなかで思った。チェーザレおじさんも、二箱のタバコと物々交換《ぶつぶつこうかん》した鶏肉《とりにく》を持ってかえったとき、最後には内戦になるって言ってたじゃないか。

そのうちに車内にだれもいなくなったので、ぼくはシャツの下から最後の三分の一のパンを出して、食べることにした。車掌《しゃしょう》さんもパンをかじっている。運転士さんは水筒《すいとう》を開けて、水を飲んでいる。

サンタ・マリア・マッジョーレ教会のあたりで電車が信号待ちをしているあいだ、外を見あげると、明かりのともった宮殿《きゅうでん》の窓《まど》が見えた。天井にたくさんの人影《ひとかげ》が映《うつ》り、シャンデリアがきらめいている。四方の壁《かべ》にはしっくいがぬられ、まるで映画《えいが》のなかにまぎれこんだみたいだ。軍服姿《ぐんぷくすがた》の男の人たちと、優雅《ゆうが》なドレスに身を包んだ女の人たちが、グラスをかかげて乾杯《かんぱい》している。あの人たちにとっては、戦争なんて存在《そんざい》しないも同然なのだろう。手にはグラスを、指のあいだにはタバコをはさみ、口を大きく開けて楽しそうに笑っている。

電車が動きだしてからも、角を曲がって建物が視界《しかい》から消えるまで、ぼくの目はその光景にくぎづけになっていた。窓《まど》という窓《まど》にともったシャンデリアのかがやきが、ぼくのまぶたの裏《うら》に残る。ぼくたちの住んでいるレジネッラ通りでは、安い照明が使われ、一部屋にひとつの電球があるだけだ。しかも、どれかひとつをつけたら、ほかの部屋の明かりは消すことになっている。

お金がある人は、ぜいたくな暮《く》らしを続け、暖《あたた》かいお屋敷《やしき》、クリスタルの食器やジュエリー、壁《かべ》にところせましとかざる絵画を手に入れられる。料理や掃除《そうじ》をしてくれる人をやとい、いつだっておなかは満たされている。そのいっぽうで、貧乏《びんぼう》な人たちは寒さにこごえ、うす汚《ぎたな》いところで、空腹《くうふく》にたえなければならないんだ。

やがて日も暮《く》れた。人々《ひとびと》は家にこもり、路上で生活している人たちも、橋の下や教会の前、門のとびらがひらいたままの建物の階段《かいだん》の下などに身をよせる。電車の窓《まど》ごしに上を見ると、真っ暗な空が見えるだけで、星ひとつない。

「星」という言葉で、ぼくはカトリック信徒のクリスマスを思いだす。ぼくの友だちにもカトリック信徒の子がいる。ユダヤ人がイエス・キリストを十字架《じゅうじか》にかけさせたと言われているからといって、カトリック信徒がみんなぼくたちを憎《にく》んでいるわけではないし、だれもが、その罰《ばつ》としてユダヤ人は永遠に災いを受けるなんて信じているわけでもない。

そもそも、道で見かける人がユダヤ人かどうかなんて、わかるはずもない。おでこに「ユダヤ人」と書いてあるわけでも、ゴムひもや財布や古着を売っているときに、いちいち身分証を見せろと言われるわけでもないのだから。さいわいイタリアでは、ドイツの占領地とはちがい、黄色い星のマークのある腕章《わんしょう》を腕《うで》につけることまでは義務づけられていなかった。

クリスマスが近づくと、ぼくはいつもアルジェンティーナ劇場《げきじょう》の前の広場へ行き、劇《げき》場《じょう》の近くに陣《じん》どる。かさをひらいて、その下に絵はがきを並《なら》べるんだ。プレゼピオ*2や天使、ベツレヘムの星や雪景色の山々《やまやま》の絵はがきだ。

「五枚《まい》で一リラだよ！　絵はがきはいかが！」

すると、劇場《げきじょう》から出てきた人たちが買ってくれる。ときには二十リラもかせげる日がある。ぼくにしてみれば大金だ。ぼくは、お金がかせげただけでなく、エレガントに着かざった人たちのあいだで何時間かすごせたことに満足して、家に帰る。

ぼくたちユダヤ人は、戦争が始まってからというもの、地位のある職業に就《つ》くことを禁じられてしまった。大学を卒業し、先生やお医者さん、エンジニアや会社の社長さんとして働いていた人たちも、古着集めだとか露天商《ろてんしょう》などをしなければならなくなったんだ。そのせいで、暮《く》らしが貧しくなり、食べものもろくに手に入らないようになった。

路面電車が車庫に入ると、マリオさんが飯盒《はんごう》を持ってきてくれた。調子はどうかい、とぼくにたずねる。

調子はどうかって？　母さんのことが心配で、胸《むね》がはりさけそうだよ。だけど、そんなことは口にせず、ぼくは肩《かた》をすくめてみせるだけ。それが返事の代わりだ。

「さあ、食べて」とマリオさん。

ぼくはうつむく。

「ちゃんと毛布をかぶって寝《ね》るんだぞ。かぜをひかないようにな」

今夜は息子さんといっしょではなく、マリオさんひとりだ。

飯盒《はんごう》はまだ温かくて、なかにチーズとコショウのスパゲッティが入っている。
ぼくは、母さんのことを考えながら、スパゲッティと涙《なみだ》をいっしょに飲みこんだ。
自分が泣いていることにも気づかずに。

1 ファシズム体制下のイタリアの、少年訓練組織
2 イエス・キリストの誕生《たんじょう》シーンをかたどった模型《もけい》。クリスマスにかざられる

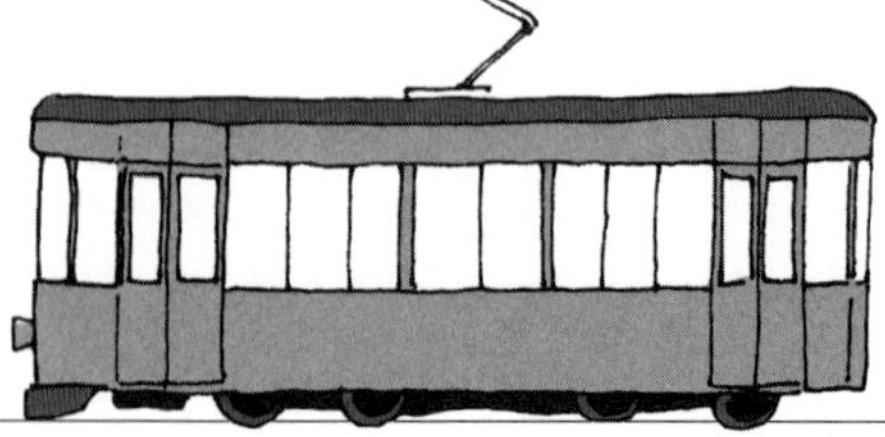

10

また朝がやってきて、ぼくの乗っている路面電車の車内は、しだいに混雑してきた。メガネをかけて書類かばんを持った、大学の先生らしき男の人が話しているのが耳に入る。なんでも、ルンガーラ通りの陸軍士官学校にいったん収容《しゅうよう》されていたユダヤ人は、ティブルティーナ駅に連れていかれたらしい。ものすごく長い列車に乗せられて、ドイツへと出発するそうだ。母さんは、ぜったいにそんな列車には乗せられていない。何日かしたら会えるに決まってる。そして、前みたいに楽しく暮《く》らすんだ。なにより大切なのは、家族みんながいっしょにいることだ。みんながいっしょにいられさえすれば、それでいい。

母さんに会いたいな……。ぼくはおしゃべりだけど、母さんは口数が少ないほうだ。あまりむだなことをしゃべらない母さんがぼくは少し苦手だったけど、いまはそれすら恋《こい》しくてたまらない。

ナチスの親衛隊は、まだ「ユダヤ人狩《が》り」を続けている、つかまえた数がぜんぜん足りないからだ、と言っている人もいた。なんでもヒトラーは、イタリアが寝返《ねがえ》って連合軍と休戦協定を結び、ナチス・ドイツに対して宣戦布告《せんせんふこく》したことにひどく腹《はら》を立てていて、その怒《いか》りの矛先《ほこさき》として大勢のユダヤ人をつかまえようとしているらしい。

いまや、車内は乗客であふれ返っている。みんなしておしあいへしあい腕《うで》でかきわけながら、前のほうへと移動していく。月曜日だから、急いで仕事にむかっているんだろう。

ぼくはおでこを窓《まど》ガラスにくっつけて、外のようすをうかがう。今日は十月十八日だ。ティブルティーナ駅にはユダヤ人を乗せた列車がとまっている。だれも近づくことはできないし、見に行くこともできない。このごろ、本当にひどいことばかり起こる。何年か飛ばして、平和な未来にワープできたらいいのに。ぼくたちが「汚《きたな》いユダヤ人」呼《よ》ばわりされることのない未来に。そこではベッタ姉さんが結婚《けっこん》し、母さんはうれしそうに孫をだいている。

そのとき、さわがしい車内から、ふいに声が聞こえてきた。

「エマヌエーレ！　信じられない。本当におまえなのか？」

ふりむくと、ダヴィデがいた。レジネッラ通りに住むご近所さんだ。幽霊《ゆうれい》でも見るような目でぼくのことを見ている。

「おまえ、こんなところでなにしてるんだ？　おやじさんが泣いてたぞ。てっきり、おふくろさんといっしょにドイツ兵に連れていかれたと思ってたよ」

「父さんはつかまらずにすんだんだね？」

「つかまってない」

「ぼくのきょうだいは？」

「みんな無事だよ」

ぼくの心にのしかかっていたものが、少しだけ軽くなった気がした。

「みんなはどこ？」

「ボルゴ地区の、おばさんのうちだ。連れてってやるから、いっしょにおいで」

ダヴィデはぼくの腕《うで》をつかんで、降《お》り口のほうへと歩きだした。

車掌《しゃしょう》さんを見ると、こっちを見ながらうれしそうに笑っている。ずっとぼくのために心をいためていたんだ。車掌《しゃしょう》さんだけじゃなく、親切にしてくれたみんなが、ぼくのことを心配してくれた。ぼくが家族と生き別れ、この世でひとりぼっちになったと思っていたにちがいない。だけどぼくには家族がいる。なによりも大切な家族が。

「ありがとう、みなさん」

ぼくはお礼を言った。

「元気でいろよ」と、車掌《しゃしょう》さん。

ダヴィデにおされるようにして、ぼくは電車を降《お》り、歩道に立った。

毛布とマフラーは座席《ざせき》の上においてきた。きちんとたたんで、マフラーを毛布のあいだにはさんである。ダヴィデにせかされたので、マリオさんに返しておいてって、車掌《しゃしょう》さんにお願いするのを忘《わす》れてしまった。ダヴィデが一刻《いっこく》も早くぼくを電車から降《お》ろして、父さんのところへ連れていきたがっていたから。

あとになってわかったことだけど、あの金歯の男の人に対する不安は的中した。あの人は本当に、ナチスの親衛隊にぼくのことを密告《みっこく》したんだ。

じつは、ぼくに会ったとき、ダヴィデはお姉さんといっしょに路面電車に乗っていた。お姉さんはフラミニオ広場まで行く用事があったから、ぼくたちが降《お》りてからも、そのまま電車に乗っていたんだ。すると次の停留所で、ファシストらしき男の人が、ふたりの親衛隊員といっしょに乗りこんできた。そして、まっすぐ車掌《しゃしょう》さんのところへむかったと思ったら、男の子はどこだと聞いたそうだ。

「男の子ですって?」車掌《しゃしょう》さんは、まったく心当たりがないという身ぶりで言った。「このところ無賃《むちん》乗車する子どもが大勢いて、頭がおかしくなりそうなんです。お願いですから、子どもの話なんてかんべんしてください」

「ごまかすんじゃない」と、その男の人は言った。「青いマフラーをした男の子が、ずっとこの席にすわっていただろう」

そう言いながら、シスターのすわっている場所を指さした。ぼくが二日半すわっていた席だ。

「ここに男の子がすわっていたんですか?」と、車掌《しゃしょう》さんは聞き返した。

「あなたがたがそうおっしゃるなら、きっといたのでしょう。わたしはまったく記憶《きおく》にありませんがね。毎日、とにかく大勢の人が乗ったり降《お》りたりするものですから、緑のマフラーをした乗客がいたかなんて、いちいち覚えていられません」

「青だ!」

「青だろうが緑だろうがおなじことですよ。子どもなんて、みんなやっかい者でしかない。もしその子をつかまえたら、わたしの分まで一発なぐってやってください」

そのやりとりを聞いていた親衛隊員たちがいらいらしはじめたものだから、男の人は言いはった。

「まちがいなくこの目で見たのです」

「なにを見たというんだ」と、親衛隊員が問いただす。

「小汚《こぎたな》いユダヤ人ですよ」

そこへひとりのおばあさんが近よってきて、口をはさんだ。

「その人の言っているとおりです。わたしもその子を見ましたよ。たったいま電車を降《お》りたところです」そして、さも意地悪そうな声で続けた。「まったくユダヤ人ときたら、雑草みたいにしぶとくて困《こま》りますね。全員まとめて引っこぬいてくださいな」

「まさにその仕事をわれわれがしているのだ」親衛隊員は得意げに答えた。「それで、どちらのほうへ行ったかわかるかね？」

となりで聞いていた車掌《しゃしょう》さんの顔が、恐怖《きょうふ》で青ざめた。

「もちろん見ましたとも。トラステヴェレ通りのほうに行きました。いますぐ追いかければ、きっとその辺にいますよ」

三人はどたどたと電車を降《お》りていき、トラステヴェレ通りへとかけだした。

車掌《しゃしょう》さんは口もとにかすかな笑みをうかべ、ほっと安堵《あんど》の息をついた。おばあさんは車掌《しゃしょう》さんにウインクしてみせた。ぼくとダヴィデがむかったのとは逆の方向を言ってくれたんだ。

11

ダヴィデに連れられて、サラおばさんの家に着いたのは十時ごろだった。おばさんは、ジョルジョ・プロイエッティというカトリック信徒と結婚《けっこん》し、バチカンのすぐそばのボルゴ地区に住んでいる。

ぼくの顔を見ても、父さんはすぐには本物のぼくだと信じられないようだった。手をのばして、髪《かみ》をなで、ほっぺたにさわる。

「本当におまえなのか？」

それから、苦しくなるくらい強くぼくをだきしめた。ようやく離してくれたとき、ぼくは父さんの目がトマトみたいに赤くはれているのに気づいた。きっといままでずっと泣きつづけていたんだろう。どうやって逃《に》げおおせたのかとたずねられ、ぼくはこれまでのことを最初から話して聞かせた。銃声《じゅうせい》が聞こえはじめたときのことも、母さんが、家に帰ってきちゃいけないと父さんに知らせるために、テルミニ駅へむかったときのことも。

「なにもかもおれが悪いんだ」と、父さんは肩《かた》を落としてつぶやいた。

「先に家に帰って、子どもたちを連れてテスタッチョ地区まで逃《に》げてくれって、母さんに言ったんだ。あとから追いかけるつもりだった。あのとき母さんをテルミニ駅に引きとめていたら、トラックに乗せられずにすんだのに……」

「父さんは悪くないよ。どっちにしたって母さんは家にもどったはずだ。ぼくたちに危険《きけん》がせまっているってわかってて、自分だけ助かろうとするわけないもん。母さんは、そんなことぜったいにしない」

ぼくは、なにも父さんの重荷を少しでも軽くしたくて、心にもないことを言っているわけじゃない。母さんのことならわかりすぎるくらいにわかっている。母さんはぜったいそうしたにちがいない。もし父さんが無理に引きとめようとしたら、きっとケンカになっていただろう、母さんにとってぼくたち子どもは、なによりも大切な存在《そんざい》だから。

父さんが、ぼくのことをじっと見つめている。はじめのうちは苦しみをたたえた湖のようだった目が、やがて考えるような色合いになり、しだいに、どことなく救われた表情になっていった。母さんがゲットー地区にもどってきたのは、父さんのせいじゃない。母さんの意思でもどってきたんだ。父さんはしゃくりあげた。

「もう一度、最初からぜんぶ話してくれないか。母さんが親衛隊につかまったのは、何時だった?」

「だいたい五時半くらい」

「母さんは、だれといっしょにトラックに乗せられたんだ？」

「セッティミアさんがいた。セッティミアさんのお母さんと、妹さんも。あとは……たぶんモゼもいたと思う」

「どうやっておまえをトラックから降《お》ろしたんだ？」

「わからない。ぼく、ぼうぜんとしていて、なにが起こっているのかよくわからなかった。母さんのことを助けたかったのに、どうしたらいいかわからなくて。母さんに、クジラの口のなかに自分から飛びこむなんて、ってしかられたんだ。そしたら、次の瞬間《しゅんかん》、母さんにトラックから放り落とされて、気がつくと道ばたに立ってた。母さんがどうやったのかなんて、わからないよ」

「それで？　そのあとは、なにがあった？」

ぼくは一部始終を父さんに話す。サンタンブロージョ通りに逃《に》げこんだこと、アンナの家のこと、牛に気をとられた親衛隊員とすれちがったこと、〈オクタヴィアの柱廊《ちゅうろう》〉遺跡《いせき》の前にとまっていたもう一台のトラックのこと……。話しながら、そのときのことをもう一度体験しているような気になり、まるで映画《えいが》のなかみたいに光景がまざまざとうかんでくる。あまりにも鮮明《せんめい》で、心臓《しんぞう》がどくどくと激《はげ》しく鳴る。まるで追手から逃《のが》れて、全速力で走っているみたいに。サラおばさんがぼくの話をさえぎり、ほら、少し落ち着きなさい、と水を飲ませてくれる。ぼくは息がはずんで話すのが苦しかったから、言われたとおり少し休憩《きゅうけい》した。

しばらくすると、路面電車の始発の停留所のあたりから、また話しはじめる。下をむき、ポケットに両手をつっこんで歩いている自分の姿《すがた》が目にうかぶ。雨が髪《かみ》をつたい、背中《せなか》をぬらし、靴《くつ》のなかにまで入ってくる。

「それから？」と、父さんが続きをうながす。

ぼくは息をつき、もう一口、水を飲んだ。

「路面電車に乗ったんだ。そして、今朝までずっと電車のなかにいた。ダヴィデに会って、みんながここにいるって聞くまでね」

「ずっと路面電車に乗ってたのか？　夜のあいだも？」

「そう。夜は車庫にいたんだ。食べものを分けてもらって……」

「なんでおばさんのところへ逃《に》げてこなかった？」

「ナチスの親衛隊が、ローマのあちこちでユダヤ人をつかまえてるって聞いたから。こみあった路面電車の乗客にまぎれていれば、見つからずにすむと思ったんだ」

父さんはうつむいた。

「もう一度、母さんのことを話してくれ。どんな細かいことでもいいから、ぜんぶ思いだしてほしい。最初からだよ」

ぼくは、また話しはじめる。そのうちに、おばさんといっしょに近所の人のところへ行っていたベッタ姉さんがもどってきた。ぼくの顔を見るなり、だきしめ、やはり最初からぜんぶ話を聞きたがった。

ようやく話しおえると、今度はぼくが質問する番だ。

「それで、みんなは？　みんなはどうやって助かったの？　どこにかくれてたの？」

こうして、ぼくはふたたび家族といっしょになることができ、サラおばさんの家にいた。ただし、母さんはいない。家族のなかで、母さんだけが連れていかれてしまった。

「あんたが外に飛びだしてから、ずっと待ってたのよ」と、ベッタ姉さんが話しはじめる。

「でも、お母さんもあんたももどってこなかった。窓《まど》から外のようすを見ていたら、ナチスの親衛隊は、女の人や子どももつかまえてた。連れていかれるのは男の人だけだって、お母さんが言ってたのに。それでわたし、家にいてはあぶないと思って、みんなで逃《に》げることにしたの。アパートを出たところで、レベッカおばさんに会って、広場のほうは危険《きけん》だって言われたわ。だから、レベッカおばさんのところにしばらくかくまってもらったの。そのあと、おばさんはここに移動しようとしたんだけど、わたしはやっぱり家にもどったほうがいいんじゃないかって思った。レジネッラ通りにもどってきたとき、とつぜん、大きな声でさけぶ母さんの声が聞こえたのよ。『ベッタ、レシュッド、逃げるの！』って。わたしは、アパートの玄関《げんかん》のとびらを開けようとしてたんだけど、母さんが『うちは危険《きけん》よ！　むこうに逃《に》げなさい』って言ったの。すぐに、みんなでシナゴーグ[*1]のほうへ引き返した。一瞬《いっしゅん》ふりかえったとき、母さんが親衛隊になぐられているのが見えて……」

ぼくは息が止まりそうになる。

みんなも息ができずにいる。

聞こえてくるのは、整理だんすの上の大きな目覚まし時計がかちかちと時を刻《きざ》む音ばかり。その音が、まるでハンマーで鐘《かね》をたたいているみたいに、ぼくの鼓膜《こまく》に強烈《きょうれつ》にひびく。父さんを見ると、泣いていた。ベッタ姉さんも泣いている。

サラおばさんが、弟と妹を別の部屋に連れていってくれた。ナンド兄さんもついていく。

空気があまりに重苦しくて、息がつまりそうだ。ぼくはまたしても、水のなかにしずんでいるような気がした。親衛隊に機関銃《きかんじゅう》を胸《むね》もとにつきつけられたときとおなじ感覚だ。

重苦しい空気を破りたくて、ぼくは口をひらいた。

「母さんがティブルティーナ駅に連れていかれたっていうのはたしかなの？」

ベッタ姉さんが父さんの顔をうかがい、それからぼくを見る。

「そうらしいわ。でも、だれも駅には近づけない。逃《に》げようとした三人が撃《う》たれたそうよ。近づこうとする人も、ひとり残らず撃《う》たれるって……」

父さんの目から涙《なみだ》がこぼれ落ちる。あんなに厳《きび》しくて、一瞬《いっしゅん》にらんだだけでぼくたちをふるえあがらせていた父さんは、影《かげ》をひそめてしまった。母さんが親衛隊につかまってからというもの、すっかりまいっているようだ。でも、ぼくはあきらめない。そんなことは母さんが望まないはずだ。

「できることをしなさい。泣き寝入《ねい》りするんじゃなくて、解決の道をさぐるのよ」

母さんだったらきっとそう言うに決まっている。だからぼくは言った。

「ドイツに連れていかれたとしても、帰ってくるかもしれないじゃないか。ううん、必ずもどってくる。お金持ちの家で家事手伝いをするんだったら、きっとぼくたちよりいい暮《く》らしができるよ。母さんと離《はな》れているのはつらいけど、それが永遠に続くわけじゃないだろ！」

ぼくは、なによりも自分自身に言いきかせるために、力をこめて言った。べつに口から出まかせを言っているわけじゃない。戦争さえ終われば、母さんはひょっこり家に帰ってくるにちがいない。ぼくは心からそう信じていた。いつもどおり、にこにこと優《やさ》しい笑顔をうかべて。そして、ぼくたちが部屋を散らかしたり、ケンカをしたりすると、しかってくれるんだ。それまでの辛抱《しんぼう》だ。

「戦争が終われば、母さんはぜったいに帰ってくる。誓《ちか》ってもいい」

ぼくがそう言うと、ベッタ姉さんもうなずいた。父さんは、まるで未来を占《うらな》うかのように上をむき、天井をじっと見つめている。

ぼくは姉さんと顔を見合わせた。言葉を交わすまでもなく、おたがいの考えていることはだいたいわかる。これからしばらく、父さんが気力をとりもどすまでは、ふたりで力を合わせて家族を支えていかないとだね。姉さんの目は、そう言っていた。

お昼になると、サラおばさんがいっしょにごはんを食べようと呼《よ》んでくれる。おばさんは、どこかからジャガイモとチーズと硬《かた》くなったパンを手に入れてきて、コロッケを作ってくれた。まるでお祭りの日みたいなごちそうだけど、現実はお祭りどころじゃない。十二人で食卓《しょくたく》を囲んでいるのに、みんなだまりこくったままだ。聞こえてくるのは、お皿に当たるフォークの音だけ。あまりにも重苦しい沈黙《ちんもく》に、たえきれない。おまけに、父さんは食事に手をつけようともしない。いすに体をあずけて目の前の一点をぼんやりと見つめ、ほかの人のことなどいっさい目に入らないみたいだ。

見かねたおじさんが、ぼくが路面電車に乗っているあいだに街で起こったことを教えてくれた。けれど、ぼくは耳をなにかでふさがれたような感覚だった。おじさんが話し、おばさんがなにか言い足しても、ぼくの耳には入らない。おじさんもおばさんも、水槽《すいそう》のなかの魚みたいだ。わけもなく、口だけをぱくぱくと動かす魚。

ぼくの心はティブルティーナ駅に飛んでいた。あの駅ならよく知っている。何度か、兵士相手におみやげを売りに行ったことがあるもの。そうだ、あとで行ってみることにしよう。改札を通らずに直接ホームに入れる秘密《ひみつ》の抜《ぬ》け道《みち》を知っているし、ドイツ兵が近づいてくる人に発砲《はっぽう》するなんて信じられない。食べおわったら、さっそく行ってみよう。人々《ひとびと》のうわさなんて信じるもんか。ドイツにむかって出発していくという列車を、この目で確かめるんだ。

そんな考えごとに夢中になっていたら、ドアをたたく音がした。全身の血がこおりつく。おじさんはみんなに「静かに」という仕草をし、ドアに近づいた。

「だれだね？」

「クラウディオだ」と、ドアのむこうから声がする。

クラウディオというのはおじさんの弟で、おじさんとおなじくカトリック信徒だ。この家にいるかぎり、ぼくたちユダヤ人は安全だ。親衛隊が、バチカンのとなりにある家のドアをつきやぶって入ってくるなんて、ありえないのだから。

クラウディオは、ぼくたちがいちばん聞きたくなかった知らせを持ってきた。大勢のユダヤ人を乗せ、板でおおわれた列車が、しばらく前にドイツにむけて発車したそうだ。

1　ユダヤ教の会堂

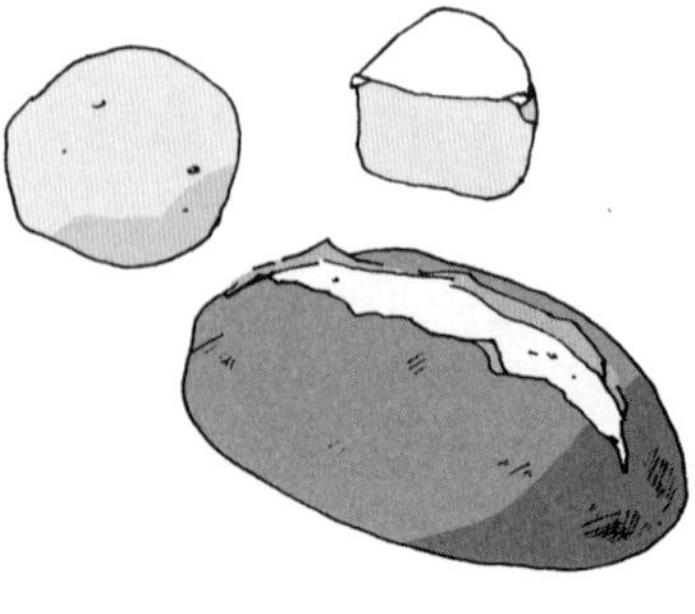

12

ぼくたちは、ボルゴ地区のサラおばさんの家で三日間お世話になり、レジネッラ通りの家に帰った。ナチスの親衛隊がゲットー地区に来ることはもうなかったから、おばさんの家にいる必要もなくなったんだ。どのみち、いまとなってはローマに安全な場所なんてひとつもない、と言う人もいた。

母さんのいない家は、まるで魂《たましい》がぬけたみたいだ。母さんの歌声も聞こえないし、ミシンをふむ音もひびかない。窓辺《まどべ》で父さんを待つ母さんの姿《すがた》もなく、母さんの作る料理のにおいもしない。べつにぼくたちは孤立《こりつ》しているわけじゃない。おなじアパートの別の部屋には、ぼくらとおなじく連行をまぬがれたおじさんやおばさんやいとこたちも暮《く》らしている。だけど、どこの家族もお父さんとお母さんを中心にまとまっているのに、ぼくたちの家族だけ、母さんは連れていかれてしまったし、父さんだっていないも同然だった。

母さんがいなくなってからというもの、父さんはなにも手がつかず、泣いてばかりだ。生きる目的を失ってしまったかのように。夜中の三時に起きだし、急いで顔を洗《あら》って仕事へ行き、お昼ごろ食事をしにもどってきて、そのあとまた商売に必要なみやげものを仕入れに出かけていく。そんな仕事熱心な父さんはどこかへ消えてしまった。ベッドに腰《こし》かけて、ぼんやりと宙《ちゅう》ばかり見つめている父さんときたら、ベッタ姉さんが世話しなければならないもうひとりの子どもみたいだ。父さんがこんなふうになってしまうなんて、いったいだれが想像できただろう。ぼくたちきょうだいにとって、父さんはいつだってこわい存在《そんざい》だった。厳《きび》しくて、一歩もゆずらず、鉄のように意志が強く、体が倍くらい大きな相手でも決してひるまない、そんな人だったのに……。

いつもとおなじ暮《く》らしがもどってきたけれど、それは表面的なものにすぎなかった。ベッタ姉さんが母さんの代わりをつとめ、ぼくも、自分が働かなくては家族みんなで飢《う》え死にしてしまうのだとわかっていた。だから袋《ふくろ》を肩《かた》にかつぐと、家々《いえいえ》を一軒《けん》ずつまわり、古着はありませんか、とたずねて歩いた。

ローマの街には、いらついたドイツ兵と、混乱《こんらん》したイタリア人があふれている。九月八日の休戦協定のあと南部のプーリアに逃《に》げたバドリオ首相は、その少し前に、ローマは敵《てき》に対して武力を行使しない「無防備都市」だと宣言《せんげん》していた。つまり、連合軍はローマを攻撃《こうげき》してはいけないということだ。アッティリオの説明によると、ローマのように歴史が古く、記念建造物や遺跡《いせき》や美術品が街のあちこちにあって、爆弾《ばくだん》や大砲《たいほう》でそうしたものを破壊《はかい》することが「冒涜行為《ぼうとくこうい》」にあたるときに出される宣言《せんげん》らしい（アッティリオは、たしかに「冒涜行為《ぼうとくこうい》」と言っていた）。でも、連合軍はそんな宣言《せんげん》なんておかまいなしだった。というのも、休戦協定が結ばれたその日に、ドイツ軍がローマを封鎖《ふうさ》して占領《せんりょう》したからだ。そのせいで、歴史的景観だとか美術品だとか記念建造物だとかを保護するどころの話じゃなくなり、ローマは文字どおりの戦場となった。空からは連合軍が爆撃《ばくげき》してくるし、地上では、ドイツ軍が街を砲撃《ほうげき》し、店を略奪《りゃくだつ》し、わけもなく住民をつかまえた。そこにさらに、イタリア人のレジスタンスも加わったものだから、まったく収拾《しゅうしゅう》がつかなくなった。なかでもローマ郊外《こうがい》のクアドラーロ地区で活動するレジスタンスのゲリラ部隊《パルチザン》は、爆弾《ばくだん》をしかけたり、占領統治《せんりょう》を妨害《ぼうがい》したりと、ドイツ軍をてこずらせた。

ゲットー地区でアッティリオと再会したのは、ぼくが家に帰って一週間後のことだった。最初、ぼくは自分の目が信じられなかった。久しぶりに会ったアッティリオに思いきりだきついた。母さんが連れていかれてからというもの、うれしいという感情をいだいたのはそれが初めてだった。アッティリオの家族は、全員無事だったらしい。十月十六日の朝、物音で目を覚ましたアッティリオのお母さんが、ベランダに出て外のようすをうかがうと、ナチスの親衛隊がやってくるのが見えたそうだ。あわててお父さんとアッティリオたちを起こし、みんなで屋根づたいに逃《に》げて、しばらく修道院にかくまってもらったんだって。

「だけど、そこには数日しかいなかったよ。修道院の生活はおれたちの性分には合わないからな」

ぼくは、袋《ふくろ》を肩《かた》からさげて、家から家へと歩いてまわる。

「おくさん、古着の買いとりにまいりました。古い洋服を買いとりますよ」

そして、どこかの家の窓《まど》が開いて、ぼくを呼《よ》びとめてくれると、とびっきりの笑みをうかべてみせる。

笑顔はぼくの大切な商売道具だ。笑顔が大切なのは、なによりもまず、自分自身に効き目があるからだとぼくは気づいた。悲しそうな顔をしている人を見たら、だれだってさけたくなる。だれもがそれぞれに悲劇《ひげき》をかかえていて、さんざん泣いてきた。だから、楽しそうな顔をしている人のところに、みんな集まってくる。生きるエネルギーに満ちた、ほがらかな笑顔を求めているんだ。おくさんたちが声をかけてくれると、ぼくは笑みをうかべ、一段《いちだん》ぬかしで階段《かいだん》をのぼっていく。そして、出してくれたものを買いとる。そんなとき、ひとりでさびしそうにしている人がいると、立ち止まってなにか話をしてあげる。ぼくの十八番《おはこ》は、リアおばさんから聞いた「司祭様とかさ」の話だ。

笑顔のおかげで仕事がうまくいき、何週間かすると、手おし車を借りられることになった。おかげで商売が格段《かくだん》にやりやすくなる。もう袋《ふくろ》をかつぐ必要もないし、古着の売り買いだけじゃなく、お皿やグラス、水差しといった食器や小物も、〈オクタヴィアの柱《ちゅう》廊《ろう》〉遺跡《いせき》のそばにある小さな店から仕入れられる。それを手おし車の上にきれいに並《なら》べて、裕福《ゆうふく》な人たちの多い住宅街《じゅうたくがい》にむかい、「食器や小物はいかがですかー！」って大声をはりあげるんだ。同時に、「古着、買いとります！」も忘《わす》れない。古着のほうが必要としている人が多いからだ。それで、こんなおかしな呼《よ》び声になる。

「食器や小物はいかがですか？　古着も買いとりますよ！」

このところ、ゲットー地区でナチスの親衛隊を見かけることはなくなった。十一月に入ってから、イタリア半島は南から順に連合軍による解放が進み、ドイツ軍の立場がどんどん厳《きび》しくなっている。市民はすべてにうんざりしていた。ドイツ兵やファシストにはもちろんのこと、空襲《くうしゅう》をくりかえして無数の市民の命をうばう連合軍の攻撃《こうげき》にも。なにが無防備都市なものか。

南のナポリでは、九月二十七日から三十日にかけて、がまんしきれなくなった市民たちが反乱《はんらん》を起こし、この世の終わりかと思われるほどの激戦《げきせん》となったそうだ。きっかけは、ひとりのナポリの市民が、駐留《ちゅうりゅう》していたドイツ軍に銃殺《じゅうさつ》されたことだった。ナポリの人たちの怒《いか》りに火がつき、何年も続いた暴力や戦いに対して、「もうたくさんだ！」と声をあげた。

それまでじっと身をひそめていた地下から出てきて、ドイツ軍を追いはらうために、表通りでも裏通《うらどお》りでも、みんな決死の覚悟《かくご》で戦った。女の人たちも、男の人たちに負けじと戦った。なかには、整理だんすの上にはられた大理石の天板をテラスから落として命中させ、戦車を使いものにならなくした人もいたらしい。

ナポリの市民が力を合わせて自分たちでドイツ軍を追いだしたものだから、十月一日に連合軍がナポリに到着《とうちゃく》したときには、一発の砲弾《ほうだん》も必要なかったそうだ。人から伝え聞いた話だから、事実とは異《こと》なる部分も少しはあるかもしれないけど、だいたいのいきさつはそんな感じらしい。ナポリの人たちって本当にすごいって、ぼくは心の底から感動した。だって、戦車も爆弾《ばくだん》も持たない貧しい市民が、ありあわせの武器を手にとって戦い、ドイツ軍を追いだしたんだから。

ぼくの住んでいるローマでは、怒《いか》りくるった市民が反乱《はんらん》を起こすような状況《じょうきょう》にはなっていない。レジスタンスに加わる人の数も少なく、参加しているのはたいていが共産党員《きょうさんとういん》だ。アッティリオの友だちにレジスタンスの闘士《とうし》がいるから、ぼくもいろいろとようすがわかる。

ナチス・ドイツの占領《せんりょう》に対するレジスタンスのゲリラ部隊は、クアドラーロ地区に身をひそめて、ドイツ軍への妨害《ぼうがい》や襲撃《しゅうげき》を計画している。だけど人数が少なすぎて、ローマ市民全体を巻《ま》きこむだけの力がないんだ。無理もない。だってローマにはムッソリーニと結びつきの強い軍の上層部《じょうそうぶ》の人たちがいるし、教皇《きょうこう》もいる。教皇《きょうこう》は、カトリックの信徒たちに「神の御心《みこころ》にしたがいなさい」と言うばかり。神様がなにをお望みなのか、もうだれにもわからなくなっているというのに。

ぼくが、まわりで起こっていることを少しずつ理解できるようになってきたのは、アッティリオにいろいろ教わったからというのもあるけど、路面電車に乗っているあいだに、まわりの大人たちの話に耳をこらす習慣がついたからでもある。それ以前のぼくは、政治のことになんてまったく興味がない子どもだった。でも最近では、生活には政治が大きくかかわっていて、政治が理解できれば、日々《ひび》の生活のこともいろいろ理解できるのだとわかってきた。要するに、生活していくためには義務があって権利《けんり》もあるということ。法律《ほうりつ》には、正しいものとまちがったものがあり、世の中には、抑圧《よくあつ》する人と抑圧《よくあつ》される人がいるということ。

ぼくは小学校をとちゅうでやめてしまったけど、毎日こんなふうに勉強を続けている。

ぼくにとっての学校は、街の通りだ。「食器や小物はいかがですか？　古着も買いとりますよ！」と声をはりあげながら、家々《いえいえ》の窓《まど》の下をまわっているときや、水飲み場で休憩《きゅうけい》しているとき、手おし車を日かげにとめて、おくさんたちがお皿やグラスや小物を買いに来てくれるのを待つあいだにも、たくさんのことが学べる。

ある朝のこと、ぼくはカヴール通りで、片腕《かたうで》を失った男の人が話しているのを聞いた。ナチスの親衛隊がゲットー地区に突入《とつにゅう》してきた十月十六日、彼《かれ》らはバチカンのサン・ピエトロ広場にトラックをとめ、自分たちこそが支配者だと教皇《きょうこう》に見せつけようとしたそうだ。「天だろうが、地上だろうが、あらゆるところをわれわれが支配する！」と、親衛隊員は言っていたらしい。

ナチス・ドイツは自分たちを神だと思いこみ、だれに生きる権利《けんり》があり、だれが死ぬべきかまで決めている……。そう話す男の人は、怒《いか》りのあまり顔を真っ赤にし、首すじの血管がういて、いまにも心臓《しんぞう》が破裂《はれつ》するんじゃないかと思うほどだった。まわりの人たちがいっしょうけんめいになだめた。

「おい、落ち着け。もう過ぎたことだ。いまさらそんなに怒《おこ》ったって、なんの役にも立たない」

「あんなこと、やめさせるべきだったんだ！　ただ見ているだけでは共犯と変わらない」

男の人は、ますます顔を赤くしてどなっていた。

そのときぼくは、雨が降《ふ》ってきたので、売り物や古着をぬらさないよう、建物の軒下《のきした》に手おし車をとめて雨宿りしていた。できることなら、その男の人のすぐそばまで行って、そこらじゅうに密告者《みっこくしゃ》がひそんでいるから、用心したほうがいいよって耳打ちしたかった。万が一そんな話をナチスの親衛隊に聞かれたら、タッソー通りの刑務所《けいむしょ》にぶちこまれる。その刑務所《けいむしょ》では、政治犯は拷問《ごうもん》されるといううわさだった。だけど、古着集めの子どもにすぎないぼくが「用心したほうがいい」なんて言ったところで、どうせ聞いてはくれないだろう。そう思っていたら、その人の友だちらしき人が腕《うで》をつかむと、あわてたようすで横道に引きずりこみ、そのままどこかへ行ってしまった。

「ナチス・ドイツは、神様がお与《あた》えになった災厄《さいやく》だよ」

そうつぶやいたのは、ぼくのそばでその光景を見ていたおばあさんだった。

神様のお与《あた》えになった災厄《さいやく》だって？　ぼくたちのところにあんなひどいことをする連中を送りこむほど、神様は意地悪なのだろうか。

神様が、信仰《しんこう》を試すために試練を与《あた》えるとか、罰《ばつ》として災いを与《あた》えるとかいう考えは、ぼくは受け入れられない。でも、もし神様になにか願いごとができるなら、母さんを無事に家へ帰らせてほしい。あとのことは、自分たちの力でなんとか切りぬけるから。

そのおばあさんは、ぼくの手おし車に近づくと、売り物を見て、ばら売りのグラスをひとつ手にとった。そして値段《ねだん》をたずねもせずに、五リラくれた。

「多すぎます」ぼくはおどろいて言った。

「もう家族もみんないなくなってしまったから、お金なんて持っていてもしかたないの」

おばあさんはそう言って、ぼくにほほ笑みかけた。そのほほ笑みには、この世のすべての悲しみがこもっていた。それから、おばあさんはくるりとむきを変え、立派《りっぱ》な玄関《げんかん》とびらに金《きん》のドアノッカーのついた、お屋敷《やしき》のほうへとゆっくりと歩きだした。

ぼくは、レジネッラ通りの自分の家に帰った。金のドアノッカーのついた立派《りっぱ》な玄関《げんかん》とびらはないけど、いつもたくさんの人がいて、にぎやかで、子どもたちの声がひびき、さびしさなんて感じることがない家に。

13

ベッタ姉さんがトマトソースのスパゲッティとサラダを作ってくれた。ぼくが一家の父親代わりだとしたら、姉さんは母親代わりだ。

ときどき、姉さんが窓辺《まどべ》でぼくの帰りを待ちかまえていて、昼ごはんの材料を手に入れられるだけのかせぎがあったか確かめることもある。ぼくが遠くから「あるよ」と答えると、姉さんは階段《かいだん》をおりてきて、お金を受けとり、必要なものを買いに行くんだ。

その日、ぼくたち家族が食卓《しょくたく》を囲んでスパゲッティを食べていると、チェーザレおじさんとロゼッタおばさんの息子のブルーノが、あわてふためいて入ってきた。

「父さんがふたり連れのファシストと階段《かいだん》のところにいる」

子どもたちはみんな、いちばんおくにあるぼくたちの部屋にかけこみ、ベッドの下にかくれた。

まもなくふたり連れのファシストが部屋に入ってきて、ベッドのそばまで来た。

「そこから出てくるんだ」

みんな、順にベッドの下からはいだした。でも、ふたりの一瞬《いっしゅん》のすきをついて、ぼくはまたベッドの下にもぐりこんだ。

「行くぞ」と、ふたりの声がする。手にピストルを持っているのだろう。だれも口答えする気配はない。

部屋を出る直前、ベッタ姉さんがこっそりベッドの下に、金《きん》の二連ネックレスを投げてくれた。もし困《こま》ったら、質屋でこれをお金に換《か》えて、生きのびろということだ。

ぼくは息を殺していた。台所に集められたみんなの足音が聞こえてくる。子どもたちだけでも見逃《みのが》してほしいと、チェーザレおじさんがたのんでいる。

「子どもに罪はない。この子たちがなにをしたというのですか？」

「つべこべ言うんじゃない！」と、ふたりのうち乱暴《らんぼう》なほうがさえぎった。

全員が通路に出され、開けはなたれたドアから、階段《かいだん》をおりていく靴《くつ》の音がだんだん小さくなっていくのが聞こえる。レジネッラ通りに出たようだ。

「よお、チェーザレ、子どもたちとどこに……」

青果店のおじさんの声がとぎれた。ファシストがいるのに気づいたんだろう。

家のなかは死んだように静まりかえっている。

ぼくは、そのまままずいぶん長いことベッドの下にかくれていた。四時間か、ひょっとすると五時間ぐらいだったろうか。あたりが暗くなってきたころ、おそるおそるかくれ場所から出てみる。

家じゅうの部屋を順にまわり、ベッドの下や、洋服だんすのおく、天井裏《てんじょううら》に、いとこたちがかくれていないか調べてみたけど、だれもいない。

連れていかれずにすんだのは、ぼくだけだった。

強烈《きょうれつ》な悲しみがおそってくる。いつも人が大勢いて、にぎやかだったこの家が、空っぽになってしまった。ぼくは幽霊《ゆうれい》のように家のなかを歩きまわる。二十人で暮《く》らしていたのに、いまはひとりぼっちだ。

台所のテーブルの上には、みんなの食べかけのスパゲッティや、水差しや、切ったパンがそのままになっている。テーブルクロスの真ん中に飛びちったトマトソースのしみが、まるで血みたいに見える。こんな声が聞こえるような気がした。

「思い知ったか。全員つかまったぞ。おまえの家族も親戚《しんせき》も、みんな殺されるんだ」

ぼくはこれからどうしたらいいんだろう。

表の通りに出ていくのは危険《きけん》すぎる。ファシストたちがまだうろついているかもしれない。窓《まど》からのぞいて外のようすを見るのも、やめておこう。

いつだったか、この家でいとこたちとかくれんぼうをしたとき、天井裏《てんじょううら》にのぼって、二時間もかくれていたことがあったのを思いだす。最初のうちは、完ぺきなかくれ場所を見つけたことに満足していたのだけれど、そのうち、いつまでたってもだれも見つけてくれないからつまらなくなって、自分からおりていった。そうしたら、みんなはぼくを探《さが》すのをやめて、なにも言わずに映画館《えいがかん》に行っていたんだ！

あまりのさびしさに、ぼくは洋服だんすの戸を開けて、母さんが結婚式《けっこんしき》やお祭りのときに着るよそ行きのワンピースに顔をおしあてた。夜になる直前の空のような、濃《こ》い青のワンピース。服に顔をうずめると、ほんのりとハチミツみたいな母さんのにおいや、母さんの声、母さんの姿《すがた》がよみがえる。そでに腕《うで》を通して自分で自分のことをだきしめると、母さんにだきしめられて、はげまされているような気がした。

「エマヌエーレ、元気を出すのよ。立ち止まってはダメ。そんなふうにしょんぼりしてばかりいないで、前に進みなさい」

前に進めって、どこへ行けばいいんだ？　家族がみんないなくなった人生なんて、ひどすぎる。これまでの幸せだった日々《ひび》までが、悲劇《ひげき》の色を帯びはじめる。クリスマスの絵はがきを売っていた日々《ひび》や、映画館《えいがかん》ですごした時間、グランドホテルみたいな病院に入院したとき……。なにがグランドホテルなものか！　腕《うで》の内側をわきの下からひじにかけて二十針《はり》もぬう大けがをして、もうれつにいたかったんだ。たしかに病院のなかは暖《あたた》かかったけど、それがなんなんだ？　ぼくの人生、悪いことばっかりだ。最悪すぎて、やり直すこともできない。ぼくは泣きながら、母さんの腕《うで》にだかれているつもりになって自分をだきしめた。

つらいことだらけの人生に打ちひしがれていると、階段《かいだん》をかけあがってくる足音が聞こえた。ぼくは母さんの服を持ったまま、あわててベッドの下に逃《に》げこむ。

「エマヌエーレ、エマヌエーレ、わたしたちよ！」

ベッタ姉さんが息せき切って走ってくる。

このときばかりは、本当に夢を見ているのかと思った。

「出てきてだいじょうぶよ、エマヌエーレ！」姉さんの大きな声がする。

ベッドカバーの下からのぞくと、いくつもの足が見えた。ベッタ姉さんが床《ゆか》にしゃがんだので、ぼくの顔の真ん前に姉さんの顔があらわれる。泣き笑いしている姉さんの顔は、一瞬《いっしゅん》、母さんに見まちがえるほどよく似ていた。

「わたしたち、見逃《みのが》してもらえたの。ほら、出てらっしゃい」

母さんの服をだきしめたまま、ぼくはベッドの下からはいだした。おばさんたちや、いとこたちもいる。みんな、ものすごくこわい思いをしたのだろう。顔は青ざめ、口もろくに利けないらしい。ベッタ姉さんがぽつりぽつりと語りはじめた。

「けっきょく、チェーザレおじさんだけが連れていかれてしまった。わたしたちはしばらく部屋に閉《と》じこめられてたんだけど、そのうちに、おまえらにはもう用がないって言われて……」

そもそものいきさつはこうだった。チェーザレおじさんが、ときどき友だちと集まる〈イル・ファンティーノ〉という居酒屋《いざかや》にいたところに、ファシストがふみこんできた。逃《に》げだした人もいれば、うまく身をかくした人もいたのだけど、あいにくおじさんはつかまってしまった。どこに住んでいるかとたずねられ、「レジネッラ通り」と答えると、家まで案内するように命じられたのだそうだ。

なぜファシストたちがおじさんだけをつかまえて、残りはみんな解放したのか、その理由はとうとう最後までわからなかった。おじさんは、母さんと同様にドイツに連行された。どうやら〈イル・ファンティーノ〉の店員が密告《みっこく》したらしい。ファシストともドイツ兵とも親しくしていたウェイトレスのチェレステ・ディ・ポルトが、お金目当てで密告《みっこく》したのだというわさが流れた。だけど、ぼくにはとうてい信じられなかった。チェレステは優《やさ》しいお姉さんだった。チェレステがすごく美人だから、ねたまれて、そんなうわさを流されるんじゃないかなと思った。チェレステは、うちのほぼ真向かいのアパートに住んでいて、小さいころからの顔見知りだ。窓《まど》から外を見つめているチェレステの姿《すがた》に、ぼくはよく見とれていたものだ。あの人がそんなひどいことをするわけがない。十月十六日の急襲《きゅうしゅう》で、チェレステの家族はだれも連れていかれずにすんだものだから、みんな腹《はら》いせに悪口を言ってるだけだ。

「あの家だけだれもつかまらなかったなんて、変だと思わないか？　考えてもみろよ」って、アッティリオも前に言っていた。

14

日にちばかりがすぎていくものの、ぼくにはどの日もみんなおなじに思える。父さんがしていたみたいに、夜中の三時に起きだして、テルミニ駅へ行き、兵士相手にみやげものを売る。そのあと、手おし車をおしてトリオンファーレ通りへ移動し、食器や小物を売る。古着と物々交換《ぶつぶつこうかん》したり、中古品を買いとって別のところで売ったりすることもある。ドイツ兵ともときどき話をする。ドイツ兵はお金を持っていて、よく買い物をしてくれるから、ぼくにとってはいちばんのお得意さんだ。

ある日、サン・パオロ広場で信じられないことが起こった。ぼくは、初めて見る顔の、まるで巨人《きょじん》みたいに体の大きなドイツ兵に、財布、くし、ゴムひもといった物をまとめて五十リラで売ろうとしていた。それでもじゅうぶん高い値段《ねだん》だと思っていたのに、その兵士は硬貨《こうか》を出す代わりに、なにやら大きな紙切れを引っぱりだした。ぼくは最初、それがなにかわからなかったけど、よく見たら、なんと五百リラ札だったんだ！　五百リラ札なんて、生まれて初めて見た。兵士は商品の入った袋《ふくろ》を受けとると、そのまま立ち去った。

ぼくは、お札を目に近づけたり離《はな》したりしながら、しばらくながめていた。まるで夢のようだ。偽札《にせさつ》かもしれないと思い、光にかざして見る。近ごろは、どこに行ってもペテン師《し》ばかりだからね……。でも、本物だった!

心臓《しんぞう》がどきどきして、のどから飛びだしそうになる。ぼくはそのお札をポケットにしまうと、ドイツ兵とのやりとりをだれかに見られていなかったか確かめる。ぼくがよそ見をしたすきに、めったにない幸運をうばいとろうとねらっているかもしれない。さいわい、まわりの人たちはみんな、自分のことで手がいっぱいみたいだ。

ぼくはお札をポケットのおくにしっかりしまうと、ポケットの口を安全ピンでとめた。そして、なにごともなかったかのように手おし車をおして、鼻歌まで歌いながら歩きだす。

角を曲がったところで、さっきのドイツ兵にも、悪いことをたくらむ連中にもあとをつけられていないことを確認《かくにん》すると、ぼくは走りだした。売り物の食器や小物がぶつかり合い、われそうになるのもかまわず、イタチみたいにすばやく走る。生まれてこのかた、これほどのスピードで走ったことはないと思うほどに。

ただし、まっすぐ家には帰らなかった。さっきのドイツ兵や、ぼくがお札を持っていることを知っている悪い連中に、家を知られたら困《こま》ると思ったからだ。それで、トラステヴェレ通りのほうまで大まわりをし、いったんボルゴ地区へ出てから、ゲットー地区に続く道に入った。

レジネッラ通りに着くころには汗《あせ》びっしょりで、まるで服を着たまま噴水《ふんすい》に落ちたみたいだった。ぼくはまっすぐ自分たちの部屋にむかった。そこには悲しみからぬけだせない父さんがいた。

「はい、これ」

ぼくは、もらったお札を父さんに差しだした。

父さんはわけがわからず、険しい目つきでぼくをにらむ。

「どこからとってきたんだ？」

そうとがめる声は、以前の、厳《きび》しくてみんなからこわがられていた父さんの声だった。

「まさか盗《ぬす》んできたんじゃないだろうな？」

「どこで盗《ぬす》んだっていうんだよ」

ぼくは、父さんだけでなく、自分でも聞いたことのない大人の声で反論《はんろん》した。

「じゃあ、どうやって手に入れたんだ？」

父さんがベッドから起きあがり、ぼくのそばに来た。

ぼくは、自分の身に起こったことを父さんに話して聞かせた。巨人《きょじん》みたいに体の大きな、初めて見る顔のドイツ兵のことを。

「もしかすると、ローマに来たばかりの新参兵で、お金の価値《かち》がよくわかってなかったのかもしれないね」

「そうかもしれないな」

そう相づちを打ちながら、父さんは背《せ》すじをのばした。急に気力をとりもどしたみたいだ。生き生きと目をかがやかせ、好奇心《こうきしん》いっぱいの表情で、矢継《やつ》ぎ早に質問してくる。はりのある声は、それまでの深い穴《あな》のどん底から聞こえてくるような声とはちがっていた。

ちょうどそこにベッタ姉さんが入ってきて、おどろいた顔でぼくたちを見つめた。

父さんは、ドアをしっかり閉《し》めるようにと手で合図をした。そして姉さんが近くまで来るのを待って、話しはじめた。

「このことは……」と、かすかにふるえる手でお札を持ちあげながら言った。

「だれにも知られないようにするんだぞ。下手すると命を落としかねないからな」

ぼくとベッタ姉さんは大きくうなずいた。ぜったいにだれにも言うもんか。ぼくも姉さんも、久しぶりに元気な父さんを見て、飛びはねたくなるほどうれしかった。いままでふたりで力を合わせてなんとかやってきたけど、父さんがまた働きに出てくれれば、ずっと楽になる。おまけに、この五百リラがあれば、母さんが帰ってきたときのために、一生思い出に残るパーティーが準備できるだろう。

父さんは洋服だんすを開け、きれいなセーターと、まだほとんど新しいズボンを出した。それから、おしゃれをするときにいつもかぶる帽子《ぼうし》を探《さが》し、姉さんに、水をいっぱいに入れた水差しと洗面器《せんめんき》を持ってきてくれないかとたのんだ。母さんが連れていかれて以来、父さんにまとわりついていた死のベールが、とつぜんはらい落とされたみたいだった。父さんが気力をとりもどしたのは、お金が手に入ったからではない。思いがけない出来事が、悲しみのあまり放心状態になっていた父さんを足もとからゆさぶり、ぼくたちのところに連れもどしてくれたんだ。

ぼくは、それから一週間、サン・パオロ広場には近づかないようにしていた。あの体の大きなドイツ兵にまた出くわして、金を返せと言われるのがこわかったからだ。トリオンファーレ通りやトラステヴェレ通りをうろうろしたあげく、サン・ピエトロ広場の列柱《れっちゅう》廊《ろう》の下にすわり、ローマの思い出を探《さが》し求めているカトリック信徒の外国人を相手に、キーホルダーやおみやげを売っていた。

でも、やっぱりサン・パオロ広場は商売するにはぴったりの場所だと思いなおし、もどることにした。

すると……なんと、あの体の大きなドイツ兵にまた会ってしまったんだ！　広場に着いて最初に目に入ったのが、その人だった。ぼくは全身の血がこおりつくような思いだった。引き返すこともできない。というのも、そのドイツ兵は、ぼくにむかって「こっちへ来い」と手招きしていた。

どうすればいい？　いきなり走りだしたら、かえってあやしまれる。相手は機関銃《きかんじゅう》を持っている。撃《う》たれでもすれば一巻《いっかん》の終わりだ。さあ、どうする？

こういうときは、にっこり笑いながら近づくにかぎる。もしも五百リラ札のことを聞かれたら……そのときに考えればいい。

手おし車が、まるで鉛《なまり》でも積んでいるみたいに、とてつもなく重く感じる。とってつけたようなほほ笑みを口もとにうかべながら、ぼくはドイツ兵のほうにそろそろと近づいていった。むこうもほほ笑んでいる。いきなりセーターをつかまれ、おそろしい形相でこのあいだの金はどうした、と問いつめられるのかと思っていたら、ぜんぜんそんなことはなかった。なにかいいものはないかと、売り物の品をあれこれ見ている。そして、金《きん》の縁飾《ふちかざ》りが入ったグラスを見つけると、「これ、とてもきれい」と言いながら、財布から十リラを出してぼくに差しだした。

ぼくはすっかり頭が混乱《こんらん》し、どうしたらいいのかわからなかった。とりあえず、小銭《こぜに》の箱からおつりを出そうとする。

「おつりはいらない」

その人は、ほかのドイツ兵よりもはるかに上手なイタリア語で言うと、それだけでは満足せずに、「いっしょにおいで」とぼくをカフェに連れていってくれた。そして、チョコレートを買ってくれたんだ。

ぼくにはさっぱりわけがわからなかった。このあいだのお金を返せと言わないどころか、また買い物をしてくれるなんて。どうしてなのか、不思議でたまらない。

きっと裕福《ゆうふく》な人で、お金が余っているのだろう。あるいは、ぼくを見て、自分の弟とか子どもとか、大切な人のことを思いだしたのかもしれない。

ぼくは、路面電車の車掌《しゃしょう》のマリオさんが言っていたことを思いだした。

「小さなことでもいい。ひとりひとりが自分にできることをするべきなんだ」

つまりは、そういうことなのかもしれない。マリオさんはぼくをナチスの親衛隊から救ってくれたし、このドイツ兵は、貧しさにあえぐぼくに恵《めぐ》みを与《あた》えてくれた。

15

父さんがまた働きに出られるようになり、ぼくはくたくたになるまで仕事をしなくてもよくなった。日によっては、お昼前に家に帰り、友だちと遊ぶこともある。なんだかんだいってもぼくはまだ十二歳《さい》。遊ぶのは大好きだ。友だちと遊んでいるときには、戦争のことも、イタリアがたいへんな目にあっていることも、ドイツに連れていかれた母さんのことも、考えずにいられる。母さんが帰ってくる日のために、ベッタ姉さんといっしょにパーティーの計画を立てているんだけど、そのことだって忘《わす》れてしまうくらいだ。

ある日、友だちと広場で遊んでいると、アッティリオがあらわれた。会うのは久しぶりだったので、ぼくはかけよった。

「よお、元気かい?」

アッティリオはそう声をかけてきたが、なにか別のことに心をとらわれているようだ。

ぼくは、最近いろいろな人から聞く言葉を、そのまま口にしてみる。

「連合軍が来てくれさえすれば、こんな思いをしなくてすむのに……。なにをぐずぐずしてるんだか」

「ぐずぐずしてるだと？」

アッティリオは、おそろしいけんまくでぼくの言葉をくりかえし、こわい目でにらんだ。

「連合軍がいまどこにいるか、知ってて言ってるのか？　どこで戦ってるか知りもしないくせに。戦場はたいへんなことになってるんだぞ」

言葉を重ねるごとに声が大きくなる。

ぼくが首をふると、アッティリオは少しおだやかになった。

「グスタフ線って聞いたことがあるか？」

ぼくはまた、ううん、と首をふる。

「イタリア半島の、いちばん幅《はば》のせまい場所にはられた防衛線だよ。西のティレニア海と、東のアドリア海をつないだ線だ。わかるか？」

「うん」

いちおうそう答えたものの、じつはあまりよくわかっていなかった。ぼくの頭のなかの地図は、かなりあいまいだ。三年生までしか小学校に通っていないから、生きていくのに最低限必要なこと、つまり読み書きと簡単《かんたん》な計算ぐらいしか勉強したことがない。

するとアッティリオは、ぼくのそでを引っぱって歩道に連れていき、かばんから紙と鉛《えん》筆《ぴつ》を取りだした。

「しっかり聞いてろよ」

そう言って、真ん中にあいだをあけて、上から下に二本の線を引いた。その左側に「ティレニア海」、右側に「アドリア海」と書きこみ、少し右あがりの横線を引くと、真っ黒な太線になるまで何度も鉛筆《えんぴつ》でなぞった。

「これがグスタフ線だ。ガエータのそばのガリリャーノ川から、半島の反対側のオルトーナまで続いている。そしてここが……」

そう言いながら、アッティリオは黒々《くろぐろ》とした線の少し下あたりに丸印をつけた。

「モンテ・カッシーノだ。いいか、まさにいま、この場所で、アメリカとイギリスの連合軍が、ドイツ軍と激《はげ》しい戦いをくりひろげてるんだ。おれたちを解放するためにね。ここだよ」

アッティリオはそうくりかえして、モンテカッシーノのまわりを丸で囲った。

「ドイツ軍は、この戦いを『センチメートルの戦争』と呼《よ》んでいる。どういう意味かわかるか？」

「わからない」

「ドイツ軍が、一センチメートルでも連合軍の進軍を食いとめようと、応戦してるってことなんだ。いいか、一センチ単位で戦ってるんだぞ。それなのにおまえは、連合軍がぐずぐずしてるだなんて、のんきなことを言いやがる。この戦いでいったいどれだけの兵士が命を落としているのか、わかってるのか？」

アッティリオは声を荒《あら》くした。

ぼくはだまっている。

「ドイツ軍がなんと言ってるか、知ってるか？」

ぼくは、やっぱりだまっていた。

「たしかに、すべての道はローマに通じているが、どの道にも地雷《じらい》をうめてある、ってさ」

「そんな話はやめてよ！　それ以上、聞きたくない」

ぼくは立ちあがった。

アッティリオがぼくのことをじっと見ている。おでこに一本、しわをよせて。

「どうせぼくのことを、なんにも知らない鼻たれ小僧《こぞう》だと思っているんだろう。こいつはまだまだ子どもだって」

ぼくがそう言うと、アッティリオはようやくだまった。地図を描《か》いていた紙をまるめてかばんに放りこみ、鉛筆《えんぴつ》もしまう。怒《いか》りもおさまったらしく、こうつぶやいた。

「もしかすると、おまえみたいに、なんにも知らない鼻たれ小僧《こぞう》のままでいるほうが、楽なのかもしれないな」

　アッティリオは、〈ラジオ・ロンドン〉[*1]を聞いているし、レジスタンスに加わっている友だちもいる。そして、ときどき胸《むね》にかかえた苦しみが大きすぎて、頭がおかしくなりそうだと言った。

「でも、アッティリオはお母さんがそばにいるじゃないか」

　アッティリオは顔を赤くして、目をふせた。

「ごめんな、エマヌエーレ。バカなことを言って悪かった」

　ぼくは友だちのところにもどり、また棒打《ぼうう》ちゲームをして遊びはじめた。アッティリオは遠くからそれを見ている。アッティリオにどう思われようと、ぼくは気にしない。遊んでいるときだけは、以前の生活となにも変わっていないように思える。家には母さんがいて、いつもみたいにミシンをふんだり、野菜を洗《あら》ったり、ジャガイモをゆでたり、マフラーやセーターを編んだりしているんだ。

　もう一度歩道のほうをふりかえると、そこにはもう、アッティリオの姿《すがた》はなかった。

　お昼どきになると、家々《いえいえ》の窓《まど》からお母さんたちが顔を出し、子どもたちを呼《よ》ぶ。

「ごはんができたわよ。そろそろ帰ってらっしゃい」

　呼《よ》ばれた子は遊びを中断し、走って家に帰っていく。

でも、ぼくには、「ごはんができたわよ。そろそろ帰ってらっしゃい」と言ってくれる母さんはいない。母さんがどこにいるかもわからない。母さんのいない悲しみは、いつもぼくの胸《むね》に居すわっていた。

ひとりで道ばたにとり残されたぼくは、ボールを蹴《け》ったり、パチンコで鳥をねらったりして遊ぶ。

パチンコのことは、ローマの方言で「アンマッツァフィオンナ」って言うんだけど、ローマの方言を話すと、学校の先生に「正しいイタリア語を使いなさい！」ってしかられる。でも、ぼくは先生にしかられても気にしないで、家で話しているのとおなじ言葉を使うんだ。ふたまたに分かれた枝にゴムひもをはり、その真ん中に革《かわ》の切《き》れ端《はし》をつける。そうして手作りしたパチンコは、やっぱり「アンマッツァフィオンナ」とローマ弁で呼《よ》ばないと、感じが出ないもの。ぼくはいつも、それで木の枝にぶらさがった実を落とすんだ。まだ熟《じゅく》しきっていなくて、すっぱい実が落ちてくるときもあるけれど、かまわず食べる。いつだっておなかがぺこぺこだからね。

あるとき、ぼくがひとりで布製のボールを蹴《け》っていると、大好きなルツがこっちを見ているのに気づいた。さいわい、ルツの家族はあの連行をまぬがれていた。声をかけたら、ルツはくるりと背《せ》をむけて、建物のなかに入ってしまった。そのときぼくは、あちこちの家の窓《まど》から「ごはんができたわよ、そろそろ帰ってらっしゃい」と呼《よ》ぶお母さんたちの声がして、ひとりになったばかりだったから、ルツまで家のなかに入ってしまって、さびしくてたまらなかった。だけど、子どもみたいにめそめそしてちゃダメだって自分で自分に言いきかせ、最後にもう一度ボールを蹴《け》ってから、うちに帰ることにした。

父さんはまた仕事に出るようになったけど、いつだって母さんのことを想《おも》いつづけている。洋服だんすにしまわれた母さんの服や、ミシンを見つめているときの父さんの表情を見れば、すぐにわかる。整理だんすの上には、あの最悪な土曜日の朝のまま、いまも母さんのヘアピンがおかれている。ベッタ姉さんが、掃除《そうじ》をするたびに、そのヘアピンをまたきっちり元の場所にもどすんだ。父さんは、ときどきおばさんたちと、母さんとの若《わか》いころのことや、たいへんだったけど楽しかった日々《ひび》のことを語り合っている。母さんは明るい性格で、いつだってみんなに勇気を分けてくれていた。

ぼくも、前は本当に楽しかったと思う。でも、あのころは気づいていなかった。いつも貧しくて、おなかをすかせていたから、みじめな暮《く》らしだと思っていた。それで、よくゲットー地区からぬけだし、裕福《ゆうふく》な人たちの住む地区に行っては、きれいなものをながめたり、食べものを手に入れたりしていた。母さんがそばにいてくれるだけでどれだけ幸せか、気づいていなかったんだ。もちろん、悪いことをすればしかられたし、学校をサボればば「父さんに言いつけるわよ」とおどされた。それでも母さんは、父さんが怒《おこ》っているとき、ぼくをベッドの下にかくまってくれることもあった。あれこれ思いだしていると、母さんの声が聞こえるような気がする。「エマヌエーレ、もう出てきてもだいじょうぶよ」と言って、とっておいたお昼ごはんを持ってきてくれて……。

母さん、早く帰ってこないかな。姉さんが妹たちを寝《ね》かしつけ、部屋の片《かた》づけを終えると、ぼくは姉さんと連れだって広場へ行き、噴水《ふんすい》のそばのベンチにすわる。そして、母さんのお帰りパーティーの計画を立てるんだ。招待する人のリストを作ったり、会場にするレストランを選んだり。ベッタ姉さんは、母さんに内緒《ないしょ》で、だれよりも腕《うで》のいいお針子《はりこ》さんに、母さんの新しいワンピースを注文するつもりなんだ。洋服だんすのなかにある母さんのよそ行きのワンピースとおなじサイズにしてもらうんだって。

「デザインは、もう考えてあるのよ。雑誌《ざっし》にのっていたワンピースみたいに、えりぐりにレースをつけるの」

姉さんといっしょに、母さんが帰ってくる日のことを想像するのが、いまのぼくのいちばんの楽しみだ。母さんの姿《すがた》が戸口にあらわれるなり、みんなでいっせいに母さんにだきつき、母さんもぼくたちみんなのことをいつまでもだきしめてくれる。母さんは満面の笑みをうかべて末っ子のジェンマをだきあげながら、「まあ、なんて大きくなったんでしょう」っておどろくんだ。そして、「ちょっと休ませてちょうだい。長い道のりを旅してきたの。鉄道が動いてなかったものだから、歩いてきたのよ」と言って、ベッドに身を投げだす。

「ドイツから、歩いてきたの？」

目を丸くして聞き返すぼくたち。

すると母さんは、こんなふうに答えるんだ。

「鉄道はね、大勢の人が乗ってるから、何度も爆撃《ばくげき》の標的にされて、使いものにならなくなってしまったの。生きて帰るには歩くしかなかった。足さえあれば、家に帰れるもの」

次は、ぼくが母さんに話して聞かせる番だ。ぼくは路面電車に命を救ってもらったんだ。親切な車掌《しゃしょう》さんや運転士さんたちに、オムレツのはさまったサンドイッチを分けてもらいながら、二日半も電車に乗ってローマをめぐってたんだよってね。

母さんは母さんで、ドイツのお金持ちのお屋敷《やしき》のことを話してくれるだろう。額に入った絵や、アンティークの家具、ぼくが手おし車で売っているのとはくらべものにならないくらい高級な置物がたくさんかざられた家……。

「ぼくね、手おし車を借りたんだ」

ぼくは得意げにそう言って、新しく始めた商売を自慢《じまん》するんだ。

ぼくは夜ふけまで、母さんが帰ってくる日のことを空想する。空想のなかで母さんに言うんだ。

「健康がいちばんだからね、母さん。健康な人は、自分がどんなに豊かか気づかないものなんだ。体を大事にしなきゃダメだよ。もし雇《やと》い主《ぬし》が人使いの荒《あら》い人でも、体だけはとにかく大事にして。ぼくたちはこの家で、首を長くして母さんの帰りを待ってるから」

ぼくは、もうすぐ連合軍がやってきて、ローマを解放してくれるよって母さんに教えるんだ。

「だから、へこたれないでね、母さん。お願いだよ」

1 イギリスの公共放送局BBCが、ナチス占領《せんりょう》下の国々《くにぐに》にむけて放送していた連合軍側のプロパガンダ・ラジオ。戦況《せんきょう》がくわしく報じられていた

16

クリスマスがやってきたので、ぼくはアルジェンティーナ劇場《げきじょう》の前の広場に絵はがきを売りに行く。でも、イルミネーションや車、着かざった人たちを見ても、去年までのように心がときめくことはない。生活のためのお金をかせぎに行くだけだ。

広場に着くと、かさをひろげて絵はがきを並《なら》べ、劇場《げきじょう》から人が出てくるのを待つ。そうしていても、以前とはなにもかも異《こと》なっているように感じる。ファシストのおえらいさんやナチスの親衛隊と腕《うで》を組んで歩いている女の人たちも、どこかようすがちがっている。心のなかでは、いっしょに並《なら》んで歩くのをイヤがっているようだ。愛想笑いはしているけど、一刻《いっこく》も早くその場から逃《に》げだしたがっているみたい。男の人たちも、どこか空威張《からいば》りをしているように見える。陽気な表情の下に、重苦しい不安や恐怖心《きょうふしん》をかくしているのかもしれない。

ファシストもドイツ兵もおびえた目をしている。自分たちこそが世界の覇者《はしゃ》だと信じていたころの、オオカミのような自信を失っていた。あいかわらず歯をむきだしてほえてはみせるけど、自分たちをふるいたたせるためにやっているだけで、悲惨《ひさん》な状況《じょうきょう》におちいっていることを自覚しているのだろう。

その次の土曜日のこと、シナゴーグの前でアッティリオが、グスタフ線上の街、オルトーナで、クリスマスだというのに激《はげ》しい戦闘《せんとう》があったのだと教えてくれた。ぼくはただうなずき返しただけだった。クリスマスに起こった激《はげ》しい戦闘《せんとう》の話なんて、少しも聞きたくない。アッティリオはぼくの気持ちがわかったらしく、「平和な安息日を《シャバット・シャローム》」と祈《いの》りの言葉を言うと、ラビ[*1]と話している家族のところへもどっていった。みんな暗い顔をしてた。

ある日、〈オクタヴィアの柱廊《ちゅうろう》〉遺跡《いせき》のすみにすわって休んでいると、ファシストたちがさわがしくゲットー地区を出たり入ったりしているのが見えた。あわてふためいて男の人たちを次々《つぎつぎ》に連れていく。なにが起きているのか、ぼくにはよくわからない。でも、ときどきおこなわれている監視《かんし》ともようすがちがっていた。

ファシストたちは、なんの説明もせずにあわただしく動きまわり、住民をつかまえては、手荒《てあら》に引きずり、無理やり連れていく。なかにはぼくとおなじくらいの年の子もいる。なにが起きているのか、だれも理解できずにいる。家族がすがりついて説明を求めても、黒シャツのファシストたちは口を閉《と》ざしたままだ。

それは、一九四四年三月二十三日のことだった。夕方になって、ローマの中心部のラゼッラ通りで、レジスタンスのゲリラ部隊による爆弾攻撃《ばくだんこうげき》があり、親衛隊に大勢の死者が出たことがようやくわかった。その報復として、ゲットー地区の住民が連れ去られたらしい。さまざまな情報が入り乱《みだ》れ、死亡《しぼう》した親衛隊員の数は二十八人だと言う人がいれば、三十一人だと言う人もいた。うわさは、ほこりっぽい風に舞《ま》いあがる木の葉といっしょに、ゲットー地区をかけめぐった。今回は、お年よりや女の人はつかまらず、連れていかれたのは、男の人たちと、ぼくくらいの年の男の子がひとりだった。全員、レジーナ・チェーリ刑務所《けいむしょ》に入れられたという話だった。

「どうしてつかまえられたの？」

「ユダヤ人だからに決まってるだろ」

レジーナ・チェーリ刑務所《けいむしょ》に収監《しゅうかん》されているのは、反ファシストや共産主義者、ムッソリーニやヒトラーの考え方にしたがおうとせず、本や新聞で批判《ひはん》した人たち、少数民族のロマ、そのほかの少数者。そして、ユダヤ人だ。ユダヤ人であるという、ただそれだけの理由でつかまえられるのだ。

次の日、カトリック信徒たちが、つかまった人たちのようすを聞きだすために刑務所《けいむしょ》に行った。けれども、ファシストもドイツ兵も、なにも教えてくれなかったそうだ。

あとで聞いた話によると、ラゼッラ通りでのゲリラ部隊による爆弾攻撃《ばくだんこうげき》のことを知ったヒトラーが、かんかんに腹《はら》を立てて、世界がふるえあがるような報復措置《そち》をおこなえとどなったのだそうだ。死んだ親衛隊員ひとりにつき五十人のイタリア人を処刑《しょけい》しろ、という命令が下ったらしい。けれども、ドイツ軍の司令部によって、最終的には、死んだ親衛隊員ひとりにつき十人でいいだろうと判断された。ただし、全世界を敵《てき》にまわすことになるのはまずいから、すでに抹殺《まっさつ》の対象となっている者たちを殺そうではないかということになった。つまり、共産主義思想《きょうさんしゅぎしそう》などでつかまっている囚人《しゅうじん》とユダヤ人だ。

ファシストたちがあわてふためいてゲットー地区のユダヤ人を連行していったのは、急いで人を集め、数をそろえる必要があったからだ。ドイツ軍は、自分たちの動きをさとられて、レジスタンスのグループに警戒《けいかい》され、報復措置《そち》を妨害《ぼうがい》されないよう、極秘《ごくひ》でファシストに命令を出していた。報復が実行されたあとで情報を拡散《かくさん》するよう、仕組まれていたんだ。

二十三日の爆弾攻撃《ばくだんこうげき》によって死んだ親衛隊員は三十一人で、翌日《よくじつ》にもうひとりの死亡《しぼう》が確認《かくにん》されたから、ドイツ軍は報復として三百二十人を銃殺《じゅうさつ》する予定だった。ところが、実際の処刑《しょけい》後に遺体《いたい》を数えたら、三百三十五人分あったらしい。

それを聞いてぼくは、なにか重たい塊《かたまり》に胸《むね》がおしつぶされたような気分だった。苦しくて、つらくて、息もできない。刻一刻《こくいっこく》と世界の終わりが近づいているのがわかっていながら、それを止めるためになにもできないみたいな気持ちだ。

熱に浮《う》かされたように家のなかをうろつく。ベッタ姉さんは、妹や弟たちのつめを切ってやっていて、ぼくが息もできないほど苦しんでいることに気づかない。外の空気が吸《す》いたくなって広場まで行くと、小さな子どもたちがビー玉で遊んでいた。あの子たちは、いま自分たちのまわりでどれほどおそろしいことが起こっているのか知らずにいる。転がるビー玉のあいだが、あの子たちの世界のすべてなんだ。

「エマヌエーレ、どうかしたのか」

後ろから声をかけられた。

ふりむくと、仕立て職人のエリーアさんだった。エリーアさんは、十月十六日の急襲《きゅうしゅう》でおくさんと四人の子どもたちをナチスの親衛隊に連れ去られてからというもの、いつも夢遊病にかかったようにふらふらと通りを歩いている。

ぼくは、レジスタンスのゲリラ部隊による爆弾攻撃《ばくだんこうげき》があったこと、それに対してドイツ軍が報復したことを話した。エリーアさんは、その事件のことはとっくに知っていて、そのあとなにがあったかまで教会の友だちから聞いていた。

「なにがあったの?」

「遺体《いたい》が発見されたんだ」

「だれが見つけたの？」

「アルデアティーネ洞窟《どうくつ》の近くにあるサレジオ会修道院の修道士たちだよ。あの日、修道士たちは、ドイツ兵が一日じゅうひっきりなしにやってきては、洞窟《どうくつ》のなかに次々《つぎつぎ》と人を運びこみ、また去っていくのを見てたんだ。最後におそろしい爆発音《ばくはつおん》がとどろいて……」

「空襲《くうしゅう》があったの？」

「いや、洞窟《どうくつ》で爆弾《ばくだん》が二、三発、破裂《はれつ》したんだ。修道士たちがようすを見に行ったものの、洞窟《どうくつ》の入り口は崩《くず》れ落ちた岩でふさがれていて、なかには入れなかった。裏《うら》から洞窟《どうくつ》に入れる場所にまわってみると、なかには……」

エリーアさんはおえつをもらしながら、両手で顔をおおった。

サレジオ会の修道士たちは、洞窟《どうくつ》のなかで、一メートル半もの高さに積み重ねられた死体の山を見たそうだ。なんの罪もない大勢の人たちがそこで無惨《むざん》に殺されたのだった。

ぼくは、胸《むね》のおくの塊《かたまり》がますます重くなるのを感じながら、ゲットー地区を歩きまわった。胸《むね》を切りひらき、この苦しみをはきだせたら、どんなに楽だろう。小さな子どもだったころの自分にもどるか、そうでなければ、十年先の未来にワープして、この悪夢みたいな日々《ひび》からぬけだしたい。

さっき見かけた小さな子たちが、今度は石を積んで遊んでいた。積みあげた小石の山を遠くからアンマッツァフィオンナ（パチンコ）でねらって、くずしている。さすがの戦争も、あの子たちのあいだだけは、だれも傷《きず》つけることのできない風のようにふきぬける。戦争こそが、ぼくの胸《むね》をふさいでいるこの重い塊《かたまり》の正体だ。戦争のせいで、ぼくの呼吸《こきゅう》はおだやかになることがない。

この事件に対して公式な声明が発表されたのは、三月二十五日の正午ごろだった。

「ドイツ軍司令部は、殺害されたドイツ兵一名につき、十名の共産主義思想犯《きょうさんしゅぎしそうはん》を銃殺《じゅうさつ》するよう命じた。そして、その命令はすでに遂行《すいこう》された」

ぼくは、アッティリオの家の屋根裏部屋《やねうらべや》に寝転《ねころ》がり、いっしょに〈ラジオ・ロンドン〉の放送を聞きながら、天井の板を見つめていた。大きなクモの巣があり、その真ん中でクモがせっせと動きまわっている。細い糸をはりめぐらせたクモの巣は、ハエなどの昆虫《こんちゅう》たちにはほとんど見えないわなだ。アッティリオは身じろぎもせずにじっと見ている。クモの巣を見ているのか、クモを見ているのか、あるいはわなを観察しているのか、ぼくにはわからない。もしかしたら、事件のあと共産党員《きょうさんとういん》の仲間たちと洞窟《どうくつ》へ入ったときに見た光景が、まぶたの裏《うら》に焼きついて離《はな》れないのかもしれない。アッティリオはふいに身を起こすと、部屋のすみに積みあげられていた服の山から、ズボンを拾いあげた。くるぶしのあたりから、ひざ、そしてさらに上のベルトのところまで、血で汚《よご》れている。

それから、ねじ曲がったかさを手にとり、クモの巣をめった打ちにしはじめた。頭がどうかしてしまったみたいに。

クモは床《ゆか》に落ち、壁《かべ》のほうへ逃《に》げようとしたが、アッティリオのほうが一瞬《いっしゅん》早く、力いっぱいクモをふみつけた。

1　ユダヤ教の宗教的指導者

17

ローマの街は、膿《うみ》のたまった傷口《きずぐち》のようだ。憎《にく》しみと暴力がうずまき、ナチス・ドイツの占領《せんりょう》に抵抗《ていこう》するレジスタンスのゲリラ部隊による襲撃《しゅうげき》が起きない日はない。ドイツ軍にもファシストにも大勢の死者が出ているだけでなく、市民も虫けらのように殺されていく。連合軍はグスタフ線の少し上のアンツィオという町から先に動けずにいる。食糧《しょくりょう》だって足りていない。ラゼッラ通りの爆弾攻撃《ばくだんこうげき》があってからというもの、ローマを占領《せんりょう》するドイツ軍は、パンの配給を、ひとりあたり百五十グラムから百グラムに減らした。だれもが飢《う》えに苦しみ、子どもたちは涙《なみだ》を流し、母親たちはどうしていいかわからず、抗《こう》議《ぎ》の声をあげつづける。

そんな状況《じょうきょう》のなか、ぼくは、胸《むね》のうちでそれまでとはちがうなにかが芽生えるのを感じていた。重くのしかかっていた塊《かたまり》が、少しだけ軽くなったような感覚だ。

というのも、ある日、ルツがぼくにむかってほほ笑み、こう言ってくれたんだ。

「エマヌエーレの目って、とってもきれいね。いままで気づかなかったけど」

その言葉を聞いて、ぼくは頭が混乱《こんらん》した。きっと顔が真っ赤になっていたにちがいない。ルツがぼくの顔を見て、もう一度にっこり笑った。それから、路面電車の話は本当なのかと聞いてきた。

「三日間も、どうやって電車のなかにいたの？」

それでぼくは、ぜんぶ話すと少し時間がかかるけど、それでもいいかとたずねた。

ルツは自分の家の窓《まど》を見あげた。ルツのお母さんがこっちを見ている。

「ごめん、今日は無理みたい。だけど、よかったら、明日、アルジェンティーナ劇場《げきじょう》に来て。そのときに話を聞かせてちょうだい」


それでぼくはいま、アルジェンティーナ劇場《げきじょう》の前でルツを待っている。今朝は、みやげものを売る仕事を休んで、〈真実の口〉のむかいにある噴水《ふんすい》へ行った。水のなかに入り、いままでにないくらいていねいに体を洗《あら》った。持ってきた石けんのかけらで、ひざやひじの内側をとくに念入りにこすった。ここはしっかりこすらないと、汚《よご》れがたまりやすいのよ、って母さんにいつも言われてたからね。それから、頭と顔にもたっぷりあわをつけた。石けんが目に入ってちくちくしたけど、ちっとも気にならなかった。手おし車には、つぎはぎだらけで売れ残ったタオルと、洗《あら》いたての半ズボンとシャツを積んでいた。

街じゅうがまだ寝静《ねしず》まっている時間に、噴水《ふんすい》でばしゃばしゃしていたものだから、物音を聞きつけたドイツ兵がこちらにむかってやってくるのが見えた。ぼくはあわてて水のなかに頭までしずめ、そのまま肺《はい》が破裂《はれつ》しそうになるまで息を止めていた。息が苦しくなると、鼻と口だけそっと水面に出して息つぎをし、またもぐった。ぼくは前に、このおなじ噴水《ふんすい》で体を洗《あら》っていて警察《けいさつ》につかまり、留置場に入れられたことがあった。つかまるのだけは二度とごめんだ。ドイツ兵が通りすぎるのを待って、ぼくは用心深く水から出た。体をふいて、きれいな服に着がえると、いったん家にもどって手おし車をおいた。それから、宝箱《たからばこ》にしまってあった硬貨《こうか》を取りだし、アルジェンティーナ劇場《げきじょう》にむかったというわけだ。

ぼくはルツのことが大好きだけど、ルツの気持ちはわからない。もう十時をすぎたというのに姿《すがた》をあらわさないところをみると、ぼくをからかっただけなのかもしれない。そのうち、自分のしていることがだんだん恥《は》ずかしくなってくる。石けんのにおいをさせて、清潔な服を着て、ルツと似た雰囲気《ふんいき》の女の子が見えただけで胸《むね》をおどらせているなんて。

たとえばむこうから歩いてくる子。あの子も似てる気がするけど、ルツのわけがない。だって服屋さんで買ったばかりみたいな白いワンピースを着ているもの。ルツの家はそんなにお金持ちじゃないし……。

と思ったら、ルツだった！

ぼくはうれしすぎて、心臓《しんぞう》がのどから飛びだしそうになる。

いい香りに包まれ、きれいなワンピースを着たルツは、まるでどこかのおじょうさんみたいだ。にっこり笑いながら近づいてくると、信じられないという顔でぼくを見た。そしてこう言ったんだ。

「ステキね」

ぼくはルツにたずねた。

「チョコレート食べたい？」

うん、とルツがうなずき、ふたりでカフェに行く。必要なときのために、ぼくはポケットに二十リラを入れてきた。いまがまさに、その「必要なとき」だ。ぼくはルツのことをとても大事に思っている。もしルツがぼくの友だちになってくれると言ったら、ぼくの人生はもう少し軽やかで、喜びに満ちたものになるだろう。そう、恋《こい》の魔法《まほう》ってやつだ。

ぼくたちはおくまった席にすわった。店員さんがぼくに気づいて、片目《かため》をつぶってみせる。ぼくがいつも、このあたりで食器や小物を売ったり、古着や中古品を買いとったりしているのを知ってるんだ。注文をとりに来てくれる。

「チョコレートをひとつください」と、ルツがたのんだ。

「アイスもありますよ」と、店員さん。

ルツは目を丸くした。いまは戦争中だから、牛乳《ぎゅうにゅう》も砂糖《さとう》も不足している。肉はおろか、パンだってなかなか手に入らない。そんなご時世だというのに、アイスなんてあるわけがないと思ったんだろう。

ルツが、「店員さん、からかってるんでしょ？」と言いたげな顔でぼくを見るから、ぼくは、「本当だよ」とうなずいてみせる。この店では、本当にチョコアイスを作っているんだ。せっかくあるんだから、注文してみよう。ぼくはアイスを注文する自分がほこらしくて、心臓《しんぞう》が高鳴った。

「アイスをふたつください」と、店員さんに言った。

ルツがぼくに、「すごいね」と言いたげなまなざしをむけている。

きっとものすごく高いんだろうな。だけど、人生には、二十リラかかろうが、五十リラかかろうが、幸せをつかまなきゃならないときがある。いまがまさに、そのときだ。音楽の流れるおしゃれな店内で、ルツとふたりで、こうしてテーブルにむきあってすわっている。まるで、クリスマスの日に劇場《げきじょう》から出てくる紳士《しんし》にでもなった気分だ。きれいな服を着て、笑いながら、戦争なんて起こっていないふりをする。ぼくは、自分がこれまでとは別の、幸せな世界に生まれ変わったような気がした。ルツは小さなスプーンの先端《せんたん》を使って、少しずつアイスを味わっている。さっさと食べないと溶《と》けちゃうぞ、と口から出かかったけど、うるさいやつだと思われたくない。それに、じつはぼくだって、感激《かんげき》のあまり、まだアイスにぜんぜん手をつけていなかった。

それから、ようやくルツが話を切りだした。

「ねえ、三日間も路面電車に乗って、ローマをぐるぐるまわってたって本当？」

「正確に言うと二日半だけど」と、ぼく。

「そのあいだずうっと電車に乗りっぱなしだったの？　一度も降《お》りなかったの？」

「トイレに行くときに降《お》りただけ」

「それで、どうしたの？」

ぼくは、車掌《しゃしょう》さんや運転士さんに親切にしてもらったこと、乗客たちのこと、車庫での出来事や、オムレツのはさまったサンドイッチをもらったことなどを話した。

ぼくたちは時間がすぎるのも忘《わす》れて、話に夢中になっていた。白いワンピースを着たルツは、おさげに結《ゆ》った髪《かみ》の先のほうに白いリボンを結んでいる。ほかの子たちとおなじようにがりがりにやせていて、小さくすぼめた口に、愛くるしい鼻、栗色《くりいろ》の瞳《ひとみ》をしている。

母さんのことを聞かれたらどうしようかと、ぼくはちょっと不安だった。ナチスの親衛隊やトラックのこと、それに、どうやって母さんがぼくをトラックの荷台から逃《に》がしてくれたのかとたずねられたら、うまく答えられる自信がなかった。でもルツは、そうした話題には触《ふ》れずにいてくれた。ぼくにとってつらい記憶《きおく》だってわかっているんだろう。ルツが聞きたいのはぼくの冒険談《ぼうけんだん》だ。話しているうちに、あのときの路面電車が、だんだんおとぎ話の舞台《ぶたい》のように思えてきた。電車のなかですごした二日半は、ひょっとすると、前に母さんといっしょに観《み》に行った映画《えいが》のワンシーンだったのかもしれない。

ルツはもうアイスを食べおわったのに、ぼくのはまだたくさん残っていて、溶《と》けかかっている。

「もう少し食べない?」

「エマヌエーレは食べないの?」

「食べられないんだ」

アイスの入ったカップをわたすと、ルツはスプーンですくい、ぼくの口もとまで運んでくれた。ぼくに一口食べさせると、今度は自分が一口食べ……代わり番こに食べているうちに、いつのまにかアイスがなくなった。

別れぎわ、ぼくは思いきって聞いてみた。

「また会える?」

「もちろんよ。広場か市場で会いましょう。でも、次のときはアイスはいらないからね」

うれしくて心臓《しんぞう》が高鳴った。

「路面電車の話がもっと聞きたいから？」

ぼくは少し心配になった。遅《おそ》かれ早かれ、路面電車での出来事はぜんぶ語りつくしてしまう。けれどもぼくは、ルツと百年でもいっしょにいて、話しつづけたいんだ。

「そうね。でも、ほかにもいろんな話を聞きたいな。エマヌエーレの話したいこと、なんでもいいから聞かせてよ」

ぼくの胸《むね》に居すわっていた重荷は、いつのまにか消えていた。その代わりに、果てしなくひろがる希望があらわれた。きっと戦争はまもなく終わり、母さんも無事に帰ってくるにちがいない。ぼくは働いてたくさんお金をためるんだ。未来は、トゲのないバラの花でうめつくされることだろう。

18

ローマの街なかは、日ごとに危険《きけん》が増していく。ファシストとドイツ兵のふるまいはひどくなるばかりだし、ナチス・ドイツの占領《せんりょう》に抵抗《ていこう》するゲリラ部隊もあいかわらずあちこちに身をひそめていて、攻撃《こうげき》をしかけている。そのうえ空からは連合軍の爆撃《ばくげき》が続いているし、道ばたでは民衆《みんしゅう》がジャガイモ一個やパンひと切れのために口論《こうろん》を始めたかと思うと、たちまちなぐり合いになり、警官《けいかん》がやってきて発砲《はっぽう》する。安全な通りなんてどこにもなかった。

屋根裏《やねうら》にあるアッティリオの部屋に行くたびに、街なかで起こっていることをいろいろ教えてもらう。でも、ぼくは最近、心ここにあらずで、アッティリオの話になかなか集中できない。ついルツのことばかり考えてしまい、思わず顔がほころんでしまうんだ。

ルツとはほとんど毎日のように会っているし、そのたびにルツは、ぼくの心に温《あたた》かな火をともしてくれる。それだけでどんなつらいこともがまんできるし、いまは戦争中だってことも考えずにいられる。少しぐらいおなかが減《へ》ってもがまんして、またルツといっしょにあのカフェへ行けるように、小銭《こぜに》をぜんぶためているんだ。

昨日ルッツに会ったときには、ルッツに、戦争中なのにアイスを食べるなんて、やっぱりぜいたくだったって言われたから、ぼくは答えた。

「ぼくらは毎日、今日が人生最後の日かもしれないって思いながら生きてるんだ。だって、明日、爆弾《ばくだん》を落とされてふきとばされるかもしれないし、ナチスの親衛隊がやってきてドイツに連れていかれるかもしれないだろ？　連合軍が負けて、ドイツ軍にローマを支配されるかもしれないし……」

するとルッツは、勢いよく頭《かぶり》をふった。親衛隊につかまったりしないし、連合軍が負けることもない。ぜったいにそんなことは起こらないって。

ぼくらはしばらくだまりこんでいたけれど、そのうちにルッツが言った。

「ねえ、ちがう話をしない？」

「そうだな。だけど、アイスのことはもう気にしないで」

ルッツは、そんなわけにもいかないというふうに、目をふせた。

「今度行くときは、きみのきょうだいとぼくのきょうだい、全員の分のチョコレートを買って、おみやげにしよう」

ルッツは、なにバカなことを言ってるの、と言いたげな目でぼくを見た。

「うちでは、ぼくが一家の大黒柱なんだ」

父さんが元気になったいま、本当はもうそうじゃなかったけど、ぼくはルツの前で格好をつけたかった。

「家族に入り用なものは、ぼくが買って帰るんだ。それで、手もとに何リラか残ったら、必要なものを買うためにためておく」

「チョコレートは必要なものじゃないでしょ」

「つらいことだらけの毎日には、ちょっとした幸せだって必要だよ。薬みたいなものさ。心のためのものね。心が満たされると、体も元気になるからね。そういうことわざがあるの、知ってる？」

「知らないわ」

ぼくは、一気にまくしたてた。

「『健康な人は、自分がどんなに豊かであるか気づかない』だよ。母さんがよく言ってた」

……物思いにふけっていたら、アッティリオに腕《うで》をゆさぶられ、ぼくは我《われ》に返った。

「おい、おれの話、聞いてるのか」

「ごめん、聞いてなかった」

ぼくは素直にあやまり、アッティリオの話に耳をかたむける。

「二日前、おそろしい事件が起こったんだ。おまえはきっとなにも知らないだろうけど」

たしかにぼくはなにも知らないし、聞きたくもない。これ以上、心がずしりと重くなるような知らせはかんべんしてほしい。なのに、アッティリオはぼくの気持ちなんておかまいなしで、どんどん話しつづける。

四月七日、食べものがなかなか手に入らないことに抗議《こうぎ》した女の人たちが、鉄の橋《ポンテ・ディ・フェッロ》の近くにあるパン店を襲撃《しゅうげき》したのだそうだ。

「そのほとんどが、小さな子どもをかかえたお母さんたちだったんだ。なかには男の人たちもまじってたけれど、女の人の数のほうが多くて、どの人もみんな、ものすごく怒《おこ》ってた。その店には、パンだけじゃなく、白くて良質な小麦粉もためこまれてることを伝え聞いて集まってきたのさ。みんな黒パンを手に入れるのさえ苦労しているというのに、その〈テゼーイ〉というパン店は、ローマに駐屯《ちゅうとん》しているドイツ軍のためにパンを焼いてたらしい」

アッティリオは、新聞記事でも読みあげるかのように淡々《たんたん》と話す。

「店の主人は、おしよせてきた群衆《ぐんしゅう》を見て、さすがに心を改めたんだろう、パンと小麦をみんなに配りはじめた。だけど、それを見ていただれかがナチスの親衛隊に通報したらしく、かけつけた親衛隊員が両側から橋を封鎖《ふうさ》して、群衆《ぐんしゅう》のあいだに突入《とつにゅう》した。逃《に》げまどう人、悲鳴をあげる人、泣きさけぶ子どもたち……。兵士たちは手当たりしだいに十人の女の人をつかまえ、橋の上で川のほうにむいて並《なら》ばせると、なんのためらいもなく機関《きかん》銃《じゅう》で撃《う》ち殺したんだ」

アッティリオは一気にまくしたてた。少しでも間をおいたら、それ以上話せなくなるとでもいうかのように。

ぼくは口のなかがからからで、舌《した》が上あごにくっついたみたいになった。そのときの光景が目にうかぶようだ。パンを求めて抗議《こうぎ》する女の人たち、自分たちの腹《はら》を満たすためのパンを取り返しに来る親衛隊員、逃《に》げまどう人、逮捕《たいほ》される人、機関銃《きかんじゅう》で撃《う》たれて、地面にたおれる人……。

「あのお母さんたちはもう、自分の子どもがおなかをすかせて泣いていても、聞こえないんだ……」と、アッティリオがつぶやく。

ぼくの口のなかに、チョコレートのほろ苦い味がよみがえる。アイスを食べるなんてぜいたくだ、と言ったルツは正しかった。パンひとつ、小麦粉ひとにぎりを、命がけで手に入れようとする人たちがいるというのに……。

「知り合いがさわぎに巻《ま》きこまれたって聞いたから、おれも橋まで行ってみた。そうしたら、遺体《いたい》はまだそのままになってて、まわりには血まみれのパンや小麦粉が転がってたんだ。司祭様が祈《いの》りをささげてたよ」

アッティリオは頭の後ろで手を組んで床《ゆか》に寝転《ねころ》がり、天井を見つめている。

ぼくは壁《かべ》にもたれて立っていた。アッティリオのことをじっと見る。がりがりにやせていて、目の下に黒っぽいくまができているせいで、鼻がいつもより高く見える。瞳《ひとみ》のおくでもうれつな怒《いか》りが燃えたぎり、なにかむちゃなことをしでかすのではないかと、見ていて不安になるほどだ。面倒《めんどう》なことに巻《ま》きこまれないよう用心してね、とぼくは忠告《ちゅうこく》したかった。つかまったらたいへんなことになる。ろうやにぶちこまれて拷問《ごうもん》されるなんて、考えただけでもぞっとする。なのに、アッティリオは話に夢中になっていて、口をはさむすきもない。

「ローマではもはや、食べものが不足してるだけじゃないんだ。怒《いか》りや憎《にく》しみや恐怖《きょうふ》がまじりあってできた蒸気《じょうき》がたまり、そのうちに爆発《ばくはつ》するに決まってる。おまけに逮捕者《たいほしゃ》は増えるいっぽうだろ。あいつらはなんの罪もない人たちを手当たりしだいに逮捕《たいほ》する。ユダヤ人だからとか、共産主義者《きょうさんしゅぎしゃ》だからとかいうだけじゃない。どうしてあんなに次から次へと逮捕《たいほ》するかわかるか？」

アッティリオにじっと目を見つめられたけど、ぼくには答えられない。

「労働力が必要だからだよ」

「ドイツで働かせるために?」

「いいや、労働力はここローマでも必要だ。空襲《くうしゅう》でがれきの山となった街を片《かた》づけたり、鉄道や路面電車の線路を直したり、たおれそうな建物を補修《ほしゅう》したり……。そんな仕事を、ドイツ兵がやってくれると思うか?」

アッティリオは、親指のつめの下のささくれを歯でかみちぎった。赤い血の筋《すじ》ができる。ぼくはそれを見て、母さんが指に針《はり》を刺《さ》したときのことを思いだした。もう血なんてうんざりだ。

「じゃあ、だれがやるの?」ぼくは、話を合わせるのが精一杯《せいいっぱい》だ。

「刑務所《けいむしょ》に入れられた人たちさ」

そんな話はちっとも聞きたくない。なのに、アッティリオはかまわず話を続ける。ぼくがまだ十二歳《さい》だということも、つらいことの連続の日々《ひび》に、少しでいいから心のやすらぎを求めていることも、わかってはもらえない。

「ナチス・ドイツは、刑務所《けいむしょ》を人でいっぱいにして、労働力の保管庫にするつもりなんだ。そして人手が必要になると、おまえはそこ、おまえはあそこ、といった具合にわり当てる。働きすぎで死んだって、おかまいなしなのさ。どうせ死ぬ運命なんだからな」

アッティリオの顔には、なんだかうすきみ悪い笑みがうかんでいた。

「だんなさんがつかまっているおくさんたちは、心配でたまらず、毎日のように刑務所《けいむしょ》の前まで通っては、だんなさんが窓《まど》から顔を出すわずかな時間を待ちうけるんだ。子どもたちも自分もだいじょうぶだから、心配しないでって、窓越《まどご》しに伝えるためにね。本当はちっともだいじょうぶなんかじゃないのに……。窓《まど》からパンを投げ入れることもある。刑《けい》務所《むしょ》ではろくな食事にありつけないからね。テレーザも、だんなさんにパンを差し入れようとしただけだった」

「テレーザってだれのこと？」

アッティリオは食い入るようにぼくを見つめると、語気を強めた。

「テレーザ・グッラーチェだよ！　なにも聞いてないのか？」

「レジーナ・チェーリ刑務所《けいむしょ》の前で殺されたっていう、カラブリア出身の女の人？」

「そうだ」

「テレーザっていう名前だったんだね。初めて聞いたよ……」

ぼくの声はかすれた。だれかが死んだというニュースを聞いても、顔や名前も知らないし、どんな人かも知らなければ、大勢の戦死者のうちのひとりにすぎず、あまり気にしないでいられる。だけど、ひとたび名前を知り、その人がどんな人で、なにをしようとしていて、どんなふうにして死んでいったかを知ってしまうと、心に傷《きず》がまたひとつ増えていくみたいだった。

「テレーザはな、おなかに赤ちゃんがいたらしい。いちばん上の子を連れて刑務所《けいむしょ》まで来ると、だんなさんのいる監房《かんぼう》の窓《まど》にむかって、ひと切れのパンが入った包みを投げたんだ。なんとかして窓《まど》まで届《とど》かせようと思ってね。だんなさんに、あぶないから家に帰れと言われても、聞く耳を持たなかった。そこへドイツ兵がやってきて、立ち去るように命じた。それでもテレーザがしたがわずに、もう一度パンを投げようとしたものだから……撃《う》たれたんだ。家には、お母さんの帰りを待つ子どもたちが六人もいたというのに」

「もうやめて」

ぼくは、消え入りそうな声でつぶやく。

「やめてだと？」

アッティリオが、おそろしい目でぼくをにらむ。

「ばかなことを言わないでくれ。だれもが知っておくべきなんだ。二度とおなじようなことが起こらないよう、みんなの記憶《きおく》に刻《きざ》んでおかなければならない。わかるか？　おそろしい出来事だからといって、目を閉《と》じることも、耳をふさぐこともできないんだ！　いいかげん、大人になれよ、エマヌエーレ。生きるってことは、そういうことなんだよ」

ぼくは頭がくらくらし、耳鳴りまでしてきて、いまにもたおれそうだ。

アッティリオはそれでも話をやめようとしない。大勢の市民が、テレーザの殺された場所を訪《おとず》れて、花を手向《たむ》けたものだから、刑務所《けいむしょ》の前は花でいっぱいになったそうだ。

「テレーザはレジスタンスのシンボルになるだろうね。ドイツ軍はもう長くはもちこたえられない。ナポリでは、『もうたくさんだ』と声をあげた市民が、決死の覚悟《かくご》で行動を起こし、ドイツ軍を撤退《てったい》させたらしいけど、ローマでもそうなることを願うよ」

「ローマでもそんなことができる?」

ぼくはただ、息子の目の前で殺されたテレーザ・グッラーチェの姿《すがた》を忘《わす》れたくて、言った。

「もう少しの辛抱《しんぼう》だ」

アッティリオは口ではそう答えたものの、あまり確信がなさそうだった。

ぼくは、母さんがドイツに連れていかれてよかったと自分に言いきかせた。きっと、ローマよりもドイツにいるほうが安全に決まっている。

19

待ちに待った日がついにやってきた。ある日の朝早く、まだぼくが寝《ね》ているときに、外から大きな声が聞こえた。

「連合軍よ！　連合軍がすぐそこまで来てる……」

ぼくはあわてて窓《まど》ぎわにかけよる。声の主は、このあたりでいちばんの美人のチェレステだ。大ニュースを早くみんなに伝えようと、喜びいっぱいの声をあげている。連合軍がやってきた。これでようやく戦争が終わる。やっと終わるんだ。

バルコニーや窓《まど》から人々《ひとびと》がいっせいに顔を出し、レジネッラ通りは大さわぎだ。最初のうちはみんな、信じられないようだった。

「本当か？」

「連合軍なんて来るわけないだろう」

家々《いえいえ》のドアが開き、住民たちが通りに出る。

「本当に来たのよ。ローマはドイツ軍から解放されるわ」

チェレステは大きな声をはりあげている。喜びが全身からほとばしり出ているチェレステは、いつにも増してきれいだった。だけど、チェレステにむかって窓《まど》から悪口を投げつける人もいた。「スパイ」だとか、「裏切《うらぎ》り者」だとか、ひどい言葉が聞こえてくる。とまどいをかくせずに、周囲を見まわすチェレステ。

人々《ひとびと》は、ドイツ軍とファシストに街が占領《せんりょう》されていたあいだ、おなかの底にずっとためてきた言葉を、激《はげ》しい怒《いか》りといっしょに一気にはきだしているんだ。チェレステは家に逃《に》げこみ、閉《と》じこもってしまった。

ぼくはさけびながら家のなかをかけまわった。

「来たぞ！　やっと来てくれた！」

さわぎを聞いて起きだしてきたおじさんやおばさん、いとこたちは、なにが起こっているのかわからずに、きょとんとしている。

「連合軍だよ！　連合軍がローマを解放しに来たんだ！」

ぼくは通りに飛びだした。だれもが、よっぱらったみたいに浮《う》き立っている。真っ暗なところから、いきなり日ざしの下に出てきて目がくらみ、あたりを見まわしてもなにも見えないときのように。なかには、何か月も前から見かけなかった人たちの姿《すがた》もあった。ドイツ行きの列車に乗せられたか、刑務所《けいむしょ》に入れられたか、テヴェレ川にのまれたものとばかり思っていた人たちだ。きっと地下にかくれて長い冬を生きのびたんだろう。

ぼくは〈オクタヴィアの柱廊《ちゅうろう》〉遺跡《いせき》からマルケッルス劇場《げきじょう》のわきを通り、ヴェネツィア広場のほうへ走った。

道ばたには、ジープやトラックや戦車、それにあらゆるものを積んだ小型貨物車（ビールも積まれていたらしい）が何台もとまっていて、連合軍の兵士たちがにこやかに、ローマの市民にむかってタバコや板チョコを投げている。あちこちから拍手《はくしゅ》がわきおこり、言葉では言いあらわせない喜びや幸せに満ちあふれている。やっと戦争が終わり、ドイツ軍から解放された。自由になったんだ。これでようやく安心して暮《く》らせる！　空から爆弾《ばくだん》を落とす飛行機もなければ、無理やりドイツへ連れていかれることもない。ろうやに入れられる心配もなければ、取り調べや拷問《ごうもん》を受けることもない。攻撃《こうげき》に巻《ま》きこまれることも、橋が爆破《ばくは》されることも、ひと切れのパンのために殺されることもない。これまでのおそろしかったことが、すべてなくなるんだ。

だれもが、だきあって喜びをかみしめていた。大人も子どももいっしょになって。お年よりたちは手をふるわせ、目に涙《なみだ》をいっぱいためている。

「どうして泣いてるの？」

ぼくは、近くにいたおじいさんにたずねた。

なにも返事はない。あまりの感激《かんげき》に、言葉が出てこないんだろう。だまって胸《むね》の前で十字を切り、お孫さんらしい女の子の手をぎゅっとにぎりしめている。

通りは人でごった返し、そこらじゅうでクラクションや口笛や拍手《はくしゅ》が鳴りひびく。窓《まど》から身を乗りだし、肺《はい》がつぶれるんじゃないかと思うくらいの勢いでトランペットをふき鳴らす人もいる。ひしめきあってゆれ動く人の波は、まるで海みたいだ。ユダヤ教の聖書《せいしょ》タナハの『出エジプト記』に出てくる、預言者《よげんしゃ》モーセと、その民《たみ》の目の前でふたつに分かれた海。ただし、いま大勢の人たちの波のあいだを進んでいくのは、ファラオの追手から逃《のが》れていく預言者《よげんしゃ》モーセとユダヤの民ではなく、解放軍の隊列だった。解放軍、万歳《ばんざい》！

「あれは、第五軍団だよ」と、となりにいた人が教えてくれた。「アメリカ軍が、イギリス軍よりもひと足先に到着《とうちゃく》したんだ。どの国がローマにいちばん乗りできるか、連合軍のあいだで競い合ってたらしい」

ぼくにしてみれば、アメリカ軍でもイギリス軍でもどちらでもよかった。ぼくは人ごみのなかに飛びこみ、前にムッソリーニが演説をしていたバルコニーの下まで流されていった。あそこでムッソリーニは、おそろしい形相《ぎょうそう》でふんぞりかえって腰《こし》に手を当て、鉄のように冷たい声で、ヘブライズム[*1]はファシズムの敵《てき》だと演説し、ぼくたちユダヤ人からさまざまな権利《けんり》をうばったんだ。教育を受ける権利《けんり》も、アーリア人と結婚《けっこん》する権利《けんり》も、働く権利《けんり》も。そして宣戦《せんせん》を布告した。ムッソリーニの冷酷《れいこく》な声が、いまでも耳のおくにこびりついている。ムッソリーニがわざとらしく言葉を区切るたびに、地鳴りのようにわきおこった熱狂《ねっきょう》的な民衆《みんしゅう》の声も。

いま、そのバルコニーにはだれもいない。広場には、歓喜《かんき》にわく民衆《みんしゅう》があふれ返っているけれど、もはやなんの力も持たないムッソリーニのためじゃない。ローマを解放しに来た連合軍を歓迎《かんげい》しているんだ。歌声やキャンディーやチューインガムやタバコや投げキスであたりを満たしてくれる、陽気な若者《わかもの》たちへの熱狂《ねっきょう》だ。拍手喝采《はくしゅかっさい》で出迎《でむか》える人々《ひとびと》のあいだに分け入る兵士たちは、ローマの市民に輪をかけて、喜びに酔《よ》いしれているみたいだった。

もう一度バルコニーを見あげたぼくは、おなかの底からなにかがふつふつとわきおこり、しだいにふくれあがって心臓《しんぞう》のように脈打つのを感じた。いたみや恨《うら》みを包みこんでいた泡《あぶく》が、なんとかして外へ出ようともがいているみたいだった。

そのなにかが、しぼりだすようなさけび声となって、ぼくののどから出てくる。

「ぼくはユダヤ人だ」

ぼくは力をこめてそう言っていた。何度かくりかえすうちに、しだいに言葉がはっきりしてくる。

「ぼくはユダヤ人だ」

バルコニーにむかってこぶしをつきあげる。

「ぼくはユダヤ人だ」

笑顔でそう言ったつもりなのに、なぜか涙《なみだ》がこぼれる。気がつくと、ぼくは泣き笑いをしていた。まわりの人たちも、生まれ変わった喜びに表情をくずし、笑いながら涙《なみだ》をこぼしていた。

「見たかい、母さん」

ぼくは心のなかで母さんに語りかけた。

「ようやく解放されたよ。これで母さんも、もうすぐ家に帰ってこられるね」

ぼくたちはもう、身をかくす必要もなければ、墓地や洞窟《どうくつ》や地下室にひそんで暮《く》らす必要もない。道を歩くときに、身分証を持ち歩く必要もないし（たいして役に立たなかったけど）、身分証を忘《わす》れて外に出たばかりに、尋問《じんもん》されてつかまるんじゃないかとびくびくする必要もないんだ。母さん、これが自由ってことなんだね。ようやく、ぼくたちは自由になったよ！

ぼくは二本の指を口に当て、するどく指笛を鳴らした。

金髪《きんぱつ》の兵士がこちらをふりむき、片手《かたて》をあげてVサインを返してくれる。その人は持っていた袋《ふくろ》のなかに手をつっこみ、両手いっぱいにキャンディーをつかむと、宙《ちゅう》にまいた。

色とりどりのキャンディーが、ぼくの頭上から雨のように降《ふ》りそそぐ。近くにいた子どもたちが、競い合ってキャンディーを拾っている。

ぼくは虹色《にじいろ》の雨のなかでつっ立ったまま、永遠に覚めることがないと思っていた悪夢の終わりを、心の底から楽しんでいた。

1 ユダヤ人風の文化性

20

でも、話はここで終わりじゃない。じつは悪夢にはまだ続きがあった。しかも、それはもはや夢ではなく現実で、その後の人生を、ぼくはその現実とともに生きていかなければならなかった。

ぼくたちは、母さんの帰りを祝うためにすてきなパーティーを計画していた。準備は万《ばん》全《ぜん》だった。だれを招待し、なにを食べ、どんな曲を流し、どんな歌を歌うのか。お祝いのパーティーには歌が欠かせない。ぼくは母さんの帰りが待ちきれなかった。姿《すがた》が見えたら、母さんのもとにかけよって、だきつくんだ。そして、母さんがいなくてどんなにつらかったか話す。本当につらくて悲しくて、たいへんだった。母さんといっしょのときには、どんなにつらいことでもがまんできたのに……。母さんは、きっとぼくをしかるにちがいない。

「あんたは、そうやってまた話をふくらませるんだから。いいこと？　人生には苦労がつきものなの。悲劇《ひげき》のヒーローぶるんじゃありません！」

十月十六日にナチスの親衛隊によって連れ去られた千二十三人の住民のうち、家に帰ってきたのはわずか十六人だった。男の人が十五人と、女の人はセッティミアさんひとりだけ。

一九四五年のその日、絶滅収容所《ぜつめつしゅうようじょ》（労働のための収容所《しゅうようじょ》なんかじゃなかった）から生きのびて帰ってきた人たちがいると聞いたぼくは、窓《まど》にへばりついていた。どうか母さんの姿《すがた》があらわれますように、早く帰ってきますように、と一心に祈《いの》りながら。

「母さん、がんばれ！　早く帰ってきて」

ぼくは通りの両端《りょうたん》をかわるがわる見つめ、いつまでも待ちつづけた。けれども、時間ばかりがすぎていき、いつになっても母さんの姿《すがた》はあらわれなかった。

朝から晩《ばん》まで窓《まど》にへばりついていたせいで、目も胸《むね》もちくちくいたんだ。それでもぼくは、あきらめずに希望を持ちつづけた。実際に帰ってきた人たちがいるんだから、母さんだって帰ってくるはずだ。ぼくは頭のなかでずっと母さんに語りかけていた。

「ほら、母さん、がんばれ。もう少しで家に着くよ」

「きっと明日には帰ってくるわ」

何度もぼくのそばに来ては、いっしょに外を見ていたベッタ姉さんが言った。

その晩《ばん》、ぼくは一睡《いっすい》もできず、むこうのほうから近づいてきて、うちの前で止まる母さんの足音が聞こえはしないかと、耳をそばだてていた。アパートの前の道で足音が聞こえるたびに、あわてて窓《まど》ぎわにかけよる。でも、どれも母さんじゃなかった。

翌日《よくじつ》も、母さんは帰ってこなかった。ぼくたち家族は、待って、待って、待ちつづけた。母さんの姿《すがた》を探《さが》して道をじっと見ていたせいで、目が赤くなっていた。とうとう、それ以上家で待っていることができず、ぼくたちはひと足早く帰ってきたセッティミアさんをたずねることにした。

セッティミアさんの家の前には長い行列ができていた。だれもが大切な人の消息をたずね、なにかしら希望を持てないかと、収容所《しゅうようじょ》でのようすを熱心にたずねていた。

ようやく順番がまわってきた。セッティミアさんはぼくたちの顔を見ると、静かに首を横にふった。

「アウシュビッツのビルケナウ収容所《しゅうようじょ》に到着《とうちゃく》して二時間もしないうちに、ガス室に送られたわ……」

帰り道はだれも口を利かなかった。

家に帰るなり、ぼくはベッドに身を投げだした。足ががくがくとふるえ、心臓《しんぞう》も止まりそうだった。生きていくうえでの軸《じく》を失ったような感覚だ。声をあげて泣き、さけびたかった。母さんの姿《すがた》があらわれるまで、呼《よ》びつづけたかった。時計の針《はり》を二年前にもどし、母さんがテルミニ駅へ行くのをなにがなんでも阻止《そし》したかった。あのときぼくが止めていれば、母さんは助かっていたはずだ。ぼくたち家族はだれもリストに名前がのっておらず、死の宣告《せんこく》をまぬがれたのだから。父さんだって助かったのに……。

「クジラの口のなかに自分から飛びこむなんて！」

ぼくは、怒《いか》りと苦しみをこめて、心のなかの母さんに言った。あの土曜日、親衛隊員にトラックに放りこまれたぼくにむかって、母さんが言ったのとおなじように。

「どうしてだよ、母さん。どうして？」

ぼくは両手のこぶしをにぎりしめ、ぎりぎりと音がするくらいに歯を食いしばった。なにもかもめちゃくちゃにしたいのに、起きあがる力もなかった。毛布を頭まで引っぱりあげると、心にぽっかりとあいた巨大《きょだい》な穴《あな》のなかに落ちていった。心のなかで希望の種が芽をふきかけていたはずなのに、人殺しの手がそれを引きぬいたんだ。母さんなしで、この先どうやって生きていけばいいんだろう。「エマヌエーレ、気をつけなさい。やっかいごとに首をつっこむんじゃないよ」って、だれが注意してくれる？　母さんみたいにぼくを愛してくれる人なんて、ほかにいるわけがない。

心にあいた穴《あな》はあまりにも大きく、ぼくはいたくて苦しくてたまらなかった。手おし車をおして仕事に行っても、声を出せないほどに。女の人たちが窓《まど》から顔を出し、外に出てきては、物々交換《ぶつぶつこうかん》をしたり、商品を買ったりしているあいだも、ぼくはおしだまっていた。働く気力を失い、なにをしていてもおもしろくなく、生きていることがつらかった。


そんなある日のこと、夢を見た。母さんがすぐそばにいて、ぼくを優《やさ》しく見つめながら、こう言ったんだ。

「エマヌエーレ。神は与《あた》え、神はうばう。そういうものだって教えたのを、忘《わす》れてしまったの？」

人生は続いていくのに、すべてを悲劇《ひげき》で終わらせるつもりなのかと、母さんはぼくを問いただした。

「ダメよ、エマヌエーレ。お願いだから人生を悲劇《ひげき》で終わらせないで。悲しいお話なんて、母さんは大きらい」

21

いまでは、わたしも九十一歳《さい》になりました。今朝もまた、いつものように路面電車に乗っています。ローマの街をぐるりとめぐるのが好きなのです。その日の気分しだいで、歩いて散歩することも、バスに乗ることも、待つのがおっくうなときには、タクシーを呼《よ》んで家に帰ることもあります。

過去の出来事について考えるとき、わたしは、大勢のユダヤ人を死へと運んだ列車が何本もあったなかで、十二歳《さい》の少年の命をつないだ路面電車もあったということを忘《わす》れずにいたいと思っています。そして、母からもらった大きな愛は、いまも変わらず大切な宝《たから》物《もの》として心のなかにしまってあります。思い出のなかの母はいつまでも若《わか》く、生き別れた三十七歳《さい》のときのままなので、いまや孫よりも若《わか》くなってしまいました（息子の娘《むすめ》が四十三歳《さい》になります）。

母が命をうばわれた絶滅収容所《ぜつめつしゅうようじょ》も訪《おとず》れました。五十人ほどの人たちといっしょに、ポーランド南部のクラクフまで飛行機で、そこからはバスを使って、アウシュヴィッツ＝

ビルケナウ収容所《しゅうようじょ》まで行ったのです。六月でしたが、コートを着込《きこ》まなければいられないほどの寒さでした。

「ここは、ナチスの絶滅収容所《ぜつめつしゅうようじょ》のなかで、もっとも多くの犠牲者《ぎせいしゃ》が出た施設《しせつ》でした」とガイドさんが説明していました。「ガス室や、人体実験、絞首刑《こうしゅけい》、銃殺《じゅうさつ》、拷問《ごうもん》、そして空腹《くうふく》によって、四百万人以上が死にました。*1 その大多数がユダヤ人だったのです」

アウシュヴィッツはいくつもの収容施設《しゅうようしせつ》が集まってできていますが、なかでもビルケナウは規模《きぼ》の大きなものでした。わたしたちはたいそうな距離《きょり》を歩かなければなりませんでした。わたしよりも若《わか》い人が何人か、とちゅうで歩くのを断念していましたが、わたしは最後まで歩き通しました。寒さにというより、収容所《しゅうようじょ》に満ちる静けさに鳥肌《とりはだ》が立ちました。完全なる静けさといったらいいでしょうか。だれもが、そこで息絶えた大切な人たちのことを悼《いた》みながら、宗教行列《しゅうきょう》のようにゆっくりと歩いていました。いたるところに死がありました。一センチメートルごとの地表に。ひと息ごとの空気に。

収容所《しゅうようじょ》の建物が立ち並《なら》ぶところまでやってくると、気分の悪くなる女性が続出しました。犠牲《ぎせい》となった人々《ひとびと》の髪《かみ》の毛やスーツケース、メガネや子どもの靴《くつ》などでいっぱいの部屋があったからです。そこは、いまでは博物館となっています。

わたしは、その場所で母がなにを見たのか、理解しようとしました。母の目にはなにが映《うつ》っていたのでしょう。母は、いまから殺されるということがわかっていたのでしょうか。それとも、ひどい長旅のあとで体を洗《あら》うためにシャワーを浴びに行くだけだと信じこまされていたのでしょうか。アウシュヴィッツに着いてすぐに亡《な》くなったことは、ある意味、救いだったのかもしれません。ほかの人たちが受けた苦しみを受けずにすんだのですから。

ある建物の前で、ガイドさんは、ここが十月十六日にローマのゲットー地区から強制連行されてきた人々《ひとびと》が収容《しゅうよう》されていた建物だと言いました。すると、わたしのきょうだいで唯一《ゆいいつ》いまも健在の妹、ジェンマがつぶやきました。

「ここが母さんの亡《な》くなった場所なのね」

その言葉を聞いて、いっしょに見学していたラビが、ガイドさんの説明を中断させ、静かな声で呼《よ》びかけてくれました。

「みなさんで、ヴィルジニア・ピアッツァのために祈《いの》りをささげましょう」

わたしたちは詩篇《しへん》の一節を唱えました。こうして、ようやく本当に母に別れを告げることができたのです。

いまでも、よく母のことを思いだします。母の手や声、そして母が作ってくれた世界一おいしい、チーズとコショウのスパゲッティのことを。あの日の朝、母が窓《まど》から身を乗りだして親衛隊員を見ていたときの、髪《かみ》の上で無数の小さな花火のようにきらきらと光っていた雨つぶのこと。あのときの美しかった母が、いまもそのまま、わたしの記憶《きおく》のなかにいるのです。母から受けた愛ほど大きな愛は、ほかにありません。

今朝、路面電車でアルジェンティーナ劇場《げきじょう》の前を通っていたら、子どものころの出来事を思いだしました。あるとき、わたしは自分の家の前で、一リラ硬貨《こうか》を持って遊んでいました。玄関《げんかん》のドアには、大きな鉄製の鍵《かぎ》で開けるタイプの錠前《じょうまえ》がついていたのですが、その鍵穴《かぎあな》に硬貨《こうか》を入れてみたら、取りだせなくなってしまったのです。さいわい、鍵《かぎ》はそれでもまわりました。さもなければ、一リラをなくしたことと、鍵《かぎ》をこわしたこととで、わたしは大目玉をくらっていたでしょう。それから歳月《さいげつ》が流れ、そんなことなどすっかり忘《わす》れていました。

ところが数年前、わが家に入ろうとした空き巣に、錠前《じょうまえ》をこわされてしまいました。運よくそのタイミングで帰宅《きたく》したわたしが階段《かいだん》をのぼる足音を聞き、空き巣はわが家に侵《しん》入《にゅう》する前に逃《に》げだしたのです。わたしはそんなこととはつゆ知らず、階段《かいだん》で空き巣とすれちがったというわけです。こわされた錠前《じょうまえ》を新しいものに交換《こうかん》してもらうため、職人を呼《よ》びました。錠前《じょうまえ》はずいぶんと古くなっていましたし、そのまま放置しておけば、また空き巣にねらわれたとき、簡単《かんたん》に入りこまれて、すべて盗《ぬす》まれてしまいそうでしたから。それで、わたしはあの一リラ硬貨《こうか》と再会したのです。

硬貨《こうか》は七十年以上ものあいだ、錠前《じょうまえ》のなかに閉《と》じこめられていたのでした。その硬貨《こうか》を手にした瞬間《しゅんかん》、子どものころの光景が一気によみがえりました。ミシンの前で仕事をする母、天井の鉤《かぎ》に牛肉のサラミをぶらさげようとしている祖父、窓《まど》から射《さ》しこむ太陽の光。心地のよい天気でした。幼《おさな》いわたしは、鍵穴《かぎあな》に入ってしまった一リラ硬貨《こうか》のことを考えていました。硬貨《こうか》はそこにしまわれていて、必要なときにいつでも取りだせばいいのだと思うことにしたのです。

母もまた、わたしの心のなかにしまわれています。ちょうど鍵穴《かぎあな》のなかの硬貨《こうか》のように。ただし、わたしの心をこわして、それを取りだすことはだれにもできません。

母はいつでも、わたしの心のなかにいるのです。

永遠に。

1　諸説あるが、アウシュビッツ＝ビルケナウ単独では、百五十万人ほどと言われている

著者《ちょしゃ》あとがき――わたしとエマヌエーレ

テア・ランノ

物語のなかには、純粋《じゅんすい》な愛情によって書かれたものがあります。愛情こそが、物語に真実の力を与《あた》えてくれ、ページにつづられた文章を生き生きとさせるのです。

わたしは、一九四三年十月十六日に、ユダヤ人がナチス・ドイツによって強制連行されたとき、路面電車に乗って命を救われたという少年の話に心をうばわれました。テレビで放映《ほうえい》されていたあるドキュメンタリー番組でその話を知ったわたしは、たちまちとりこになったのです。

「たくさんの列車が大勢のユダヤ人を乗せて死にむかって走っていたときに、ひとりの少年を助けるために走っていた一両の路面電車があったなんて。まさに命をつないだ路面電車ね」

思わず、そんな独り言をつぶやいていました。なんてすばらしい話なのでしょう。おそろしいことが次々《つぎつぎ》と起こっていた時代において、希望の物語だと思いました。

それから何週間も、その少年のことがわたしの頭から離《はな》れませんでした。空想のなかで、わたしはその男の子とむかい合って話をしていました。しだいに、頭のなかで会話を想像するだけでは物足りなくなり、直接話を聞いてみたくなりました。どんな人生を送ったのか、命拾いをしたあとどうしたのか、ローマから逃《に》げたのか、ほかの家族はどうなったのか……。次から次へと質問がわいてきましたが、その答えを知る機会はないだろうと思っていました。

そんなある日、わたしは、エルサレムに住む友人で、司祭のルーカに、路面電車の少年の話をしました。

「連絡先《れんらく》を探《さが》してみるから、名前を教えて」と、ルーカは言いました。

けれども、わたしは名前を知りませんでした。そのドキュメンタリー番組をぜんぶ見たわけではなく、少年についてのくわしい情報はわからなかったのです。そこで、インターネットで検索《けんさく》をしてみました。すると……ありました。少年の名前がわかったのです。

「エマヌエーレ・ディ・ポルトという名前よ」

わたしはすぐに、ルーカにスマートフォンでメッセージを送りました。

ルーカからは、知り合いに問い合わせてみて、なにかわかったら知らせると返事がありました。

お孫さんか、あるいは近くで暮《く》らしていた親戚《しんせき》でもいい、だれか直接話を聞けるような人が見つかることを祈《いの》っていたものの、何日ものあいだ、なんの連絡《れんらく》もありませんでした。

それからしばらくたったある朝のこと。ついにルーカからメッセージが届《とど》いたのです。

「いまでもお元気らしいよ。彼《かれ》の携帯《けいたい》番号がわかった」

わたしは、心臓《しんぞう》が高鳴るのを感じました。スマートフォンをにぎりしめたまま、なんと返したらいいかもわからずに、しばらくぼうっとしていました。

すると、ルーカから電話がかかってきました。

「どうしたの？　いい知らせだろ？　電話してみたらどうだい？」

「電話して、なんて言えばいいの？」

「話が聞きたいって言えばいいじゃないか。だいじょうぶ、きっと喜んで会ってくれるよ」

わたしは、それほど確信を持てませんでした。相手は九十一歳《さい》のご高齢《こうれい》ですし、昔のことなんて思いだしたくないかもしれません。知らない人に会いたくないかもしれないし、古い心の傷《きず》をえぐられるようなことなんて望んでいないでしょう。そうっとしておいたほうがいいような気がしてきました。

数日のあいだ、わたしは電話をかけられずにいました。決心がつかなかったのです。電話をしてなんて言えばいいのかわかりませんでした。彼《かれ》にとって、わたしなど赤の他人です。わたしが何者なのかも知らない人に、いきなり、「あなたの物語が書きたいのです」なんて言いだすわけにはいきません。

「電話してみた？」

迷っていると、ルーカからまたメッセージが届《とど》きました。

「まだなの」

「かけてみなよ。きっと、きみの人生を照らす一筋《ひとすじ》の光になるから」

実際、そのとおりになりました。

ある日、わたしはようやく心を決めて電話をかけました。電話越《ご》しに聞こえる声は若々《わかわか》しく、迷惑《めいわく》そうな気配は感じられません。それどころか、すぐに会う約束をしてくれたのです。次の月曜日、ゲットー地区の〈亀《かめ》の噴水《ふんすい》〉広場で。

「場所はごぞんじですか？」と、聞かれました。

「ええ、よく知っています」

わたしにとって〈亀《かめ》の噴水《ふんすい》〉広場は、二十七年間暮《く》らしてきたローマのなかで、大好きな場所のひとつでした。

「では、月曜日の十時に会いましょう」

「ありがとうございます。よろしくお願いします」

わたしは取材で人に会うときの習慣で、約束の一時間前に広場に着きました。カフェに入ってクロワッサンとカプチーノを注文し、ノートをひらいて、彼《かれ》に聞いてみたい質問を書きだしていきます。ときどき、窓《まど》から外を見て、待ち合わせの相手が来ていないか確かめながら。

すると、十時きっかりに男の人の姿《すがた》が見えました。ひと目で彼《かれ》だとわかり、店の入り口まで出迎《でむか》えに行きました。

そして、さっきまでひとりで待っていた席に、いっしょにすわったのです。わたしは、それまでに自分の書いた小説や絵本を持ってきていました。ただの思いつきではなく、真《しん》剣《けん》であることをわかってもらうためには、それがいちばんだと考えたからです。

彼《かれ》は少しとまどいながらも、見せた本のページをめくり、ほほ笑んだり、うなずいたりしていました。

わたしはたずねました。ひょっとして、もうだれかがあなたの物語を書いているでしょうか。すると、いいえ、という答えが返ってきました。インタビューならたくさん受けたことがあるし、体験を語ってほしいと学校に招待されたこともあるけれど、自分についての本は、いまのところまだ一冊《さつ》もありません、というお返事でした。

注文したコーヒーが運ばれてきました。エマヌエーレは少しとまどったようすで、おどおどしていました。わたしは、一九四三年の十月十六日に起こったことを話してくださいませんか、とお願いしました。ひとたび語りはじめると、とまどいは完全に消え失《う》せたのです。

彼《かれ》の言葉といっしょに、その朝の光景が、まるで映画《えいが》のようにわたしの目の前に展開《てんかい》していきます。通りに見えるナチスの親衛隊の姿《すがた》、窓《まど》からそのようすを見て、ここから動いていてはダメよ、と子どもたちに命じるお母さん。

「テルミニ駅に行ってくる。お父さんに、帰ってきちゃダメって伝えなくちゃ。ここは危険すぎる」

話を聞いているうちに、わたしは自分がふたつの時間軸《じかんじく》を同時に生きているような錯覚《さっかく》におちいりました。コーヒーを前にして、彼《かれ》とふたりでカフェのテーブルにむきあってすわっているのと同時に、一九四三年の十月のゲットー地区にもいたのです。家々《いえいえ》のドアを蹴破《けやぶ》る親衛隊員。連れ去られるお母さん。窓《まど》から「母さん!」とさけび、道に飛びだす少年……。

「あそこです」と言って、彼《かれ》はコスタグーティ邸《てい》を指さしました。

「ちょうどあそこにトラックがとまっていて、母は荷台の上にいました。そして、わたしに逃《に》げなさいと言ったのです。ローマのユダヤ人が使う言葉で、『レシュッド《逃げなさい》』とね。この言葉をお聞きになったことはありますか?」

「あの、もしよければ、堅苦《かたくる》しい敬語《けいご》で話すのはやめにしませんか」

わたしは、そう言ってみました。

「それはいい。ぜひそうしよう!」

こうしてすっかり緊張感《きんちょうかん》もほぐれ、わたしたちは二時間たってもまだ、話しつづけていました。そのあと、カフェの店員さんに、ふたりいっしょの写真を撮《と》ってもらいました。その後も、会うたびにふたりで写真を撮《と》ることになるのですが、その記念すべき最初の一枚《まい》でした。


別れるときに交わした長いハグは、とても力強く、気持ちのこもったものでした。数週間前に心をうばわれた物語への関心が愛情に変わったのは、その瞬間《しゅんかん》でした。わたしは、それほど彼《かれ》の物語に、そして路面電車に乗った少年に、心をひかれていたのです。エマヌエーレは、九十一歳《さい》になったいまでも心は少年のままで、純真《じゅんしん》さを保ちつづけている稀《け》有《う》な人でした。

近いうちにまた会う約束をし、エマヌエーレと別れました。わたしはすぐに、出版エージェントのマリア・パオラに電話し、彼《かれ》の物語を本にまとめて出版したいのだけれど、協力してもらえないかとたのみました。興奮《こうふん》のあまり早口になり、話もあちこちに飛んでいました。

「企画書《きかくしょ》を書いてみて。熱い思いをまとめてちょうだい。あなたの興奮《こうふん》が冷めないうちにね。そしてできたらすぐに送って」

マリア・パオラからは、そんな答えが返ってきました。

家に帰ると、わたしはさっそく企画書《きかくしょ》を書きました。そのあとのことは、すべて彼女《かのじょ》が手はずを整えてくれました。

それが、こうして実を結び、本となったのです。

原稿《げんこう》を書いているあいだ、エマヌエーレからくりかえし言われたことがあります。

「わたしの人生を、悲劇《ひげき》として書かないでほしいんだ。悲劇《ひげき》は好きじゃないからね。わたしは、いつだって人生のいい面を見るようにしてきた」

エマヌエーレが語ってくれた話のなかには、もちろん悲しい出来事がたくさんあります。

そして、わたしはそれをこの本のなかに書きとめました。でも、彼《かれ》に言われたとおり、全体として悲劇《ひげき》にならないようにつとめたつもりです。

わたしは、それからも何度もエマヌエーレに会い、直接話を聞きました。エマヌエーレは、あのころ住んでいた家に、いまもそのまま暮《く》らしています。わたしは、彼《かれ》の家の窓《まど》から外を見てみました。一九四三年十月十六日の朝に、お母さんがナチスの親衛隊を見ていた窓《まど》。そして連れ去られるお母さんをエマヌエーレ少年が見ていた窓《まど》。一九四四年六月四日、ローマが解放された朝、チェレステ・ディ・ポルト（おなじ名字ですが、親戚《しんせき》ではないとエマヌエーレは言っていました）が、「連合軍よ！」と、喜びにあふれる声でさけんでいるのを、エマヌエーレ少年が見ていた窓《まど》。一九四五年九月、エマヌエーレとお姉さんのベッタが、お母さんの帰りを待ちつづけた窓《まど》……。

エマヌエーレとの交流は、いまでも続いています。いっしょにゲットー地区を散歩したり、カンポ・デ・フィオーリ広場へ行ったり。そんなとき、エマヌエーレはいろいろな話をしてくれます。

「ここには昔、靴店《くつてん》があったんだ。革靴《かわぐつ》だけじゃなく、布製の靴《くつ》なんかも作っていた。わたしがはいていたのも布の靴《くつ》だった。革《かわ》の靴《くつ》よりはるかに安上がりだったからね。それから、そこの角……そこには手巻《てま》きのタバコを売っている店があった……」

アルジェンティーナ劇場《げきじょう》のそばを通れば、昔、クリスマスの絵はがきを売っていた場所を案内してくれます。

「かさをひらいてね、その下に絵はがきを並《なら》べるんだ。そして劇場《げきじょう》からお客さんたちが出てくるのを待つ。絵はがき五枚《まい》で一リラさ。景気がいいときには、二十リラかせげることもあった。あのころにしてみれば、大もうけだよ。どれくらいかというと……たとえば、路面電車の切符《きっぷ》が三十チェンテジモ[*1]で、アイス一個が一リラ、映画館《えいがかん》のチケットも一リラだったんだ」

エマヌエーレが話し、わたしはそれに耳をかたむけます。

ある日、いつものように彼《かれ》の話に夢中になっていると、エマヌエーレは言いました。

「きみは、わたしといっしょに歴史を追体験《ついたいけん》してる。そうだろ？」

たしかにそのとおりでした。エマヌエーレといると、歴史は物語を生みだし、わたしをその世界へといざなってくれるのです。

路面電車の少年の物語を書くにあたり、わたしは必要な知識を得るために勉強し、映画《えいが》やドキュメンタリーを見、小説を読み、文書館に通い、資料をかたっぱしから読みあさりました。ですが、エマヌエーレの語りに勝るものはありませんでした。毎日のように電話をしますが、わたしが、こんにちは、とあいさつすると、すぐにエマヌエーレの話が始まるのです。

「ああ、そういえばあのときのことは話したかな？」

「いいえ、まだよ。ぜひ聞かせて」

あるとき、わたしはエマヌエーレに言いました。

「あなたの話を聞くのが本当に好きなの。いつまでも聞いていたいくらいよ」

すると、こんな答えが返ってきたのです。

「まかせてくれ。わたしはあと百年でも、きみに話をしてあげられるから」

わたしは、百年でもエマヌエーレの話に耳をかたむけつづけるでしょう。だって、あなたの話は本当にすばらしいのだから。そして、その話を愛情とともにノートに書きとめるのです。

二〇二二年七月二十九日　ローマ

1　一チェンテジモは一リラの百分の一

エマヌエーレの母、
ヴィルジニア・ピアッツァ。

エマヌエーレ（後列右）と4人のきょうだいたち。1938年リヴォルノにて（いちばん下の妹のジェンマは1940年生まれのため、写っていない）。

エマヌエーレの父（右）。リヴォルノの競技場にて、人気球技パッローネ・コル・ブラッチャーレの試合前に。

レジネッラ通りの自宅《じたく》の前にうめこまれた、ヴィルジニア・ピアッツァが家族と暮《く》らしていた場所を示す〈つまずきの石〉。
＊1

（碑文《ひぶん》）
この地に暮《く》らしていた
ヴィルジニア・ピアッツァ
1906年生まれ
1943年10月16日に強制連行され
移送先のアウシュヴィッツ収容所《しゅうようじょ》
にて殺害される

＊1〔ナチスの迫害《はくがい》による犠牲者《ぎせいしゃ》の氏名・生年月日などが刻《きざ》まれたモニュメント〕

ゲットー地区にある、〈オクタヴィアの柱廊《ちゅうろう》〉遺跡《いせき》。

1943年7月19日の爆撃《ばくげき》によって破壊《はかい》された、サン・ロレンツォ教会の身廊《しんろう》。

雪におおわれたローマの市街と、ルンゴテヴェレ・デッリ・アルトヴィーティ通りを走る路面電車。写真奥にはバチカンのサン・ピエトロ教会が見える。

自転車で走る郵便配達人《ゆうびんはいたつにん》と路面電車。

(上)第二次世界大戦中、タッソー通りにあった刑務《けいむ》所《しょ》。現在ではローマの解放歴史博物館の一部となっている。

(右)ゲットー地区の通り。

FONDAZIONE MUSEO DELLA SHOAH

Al nostro caro amico Emanuele che non è mai stato bambino ma che non sarà mai vecchio.

La nostra più grande stima e riconoscenza per il costante impegno.

Gli amici della Fondazione Museo della Shoah insieme al Presidente Mario Venezia

Roma, 23 settembre 2021

ローマの〈ショアー博物館財団〉からエマヌエーレに贈《おく》られた記念プレート。

子どもでいることはできなかったが、
いつまでも年老いることのない我《われ》らが友、エマヌエーレへ。
あなたが背《せ》負《お》いつづけている重荷に、心からの敬《けい》意《い》と謝意を。
ショアー博物館財団のスタッフ一同と、
館長マリオ・ヴェネツィアより
2021年9月23日　ローマ

〈オクタヴィアの柱《ちゅう》廊《ろう》〉に
立つエマヌエーレ。

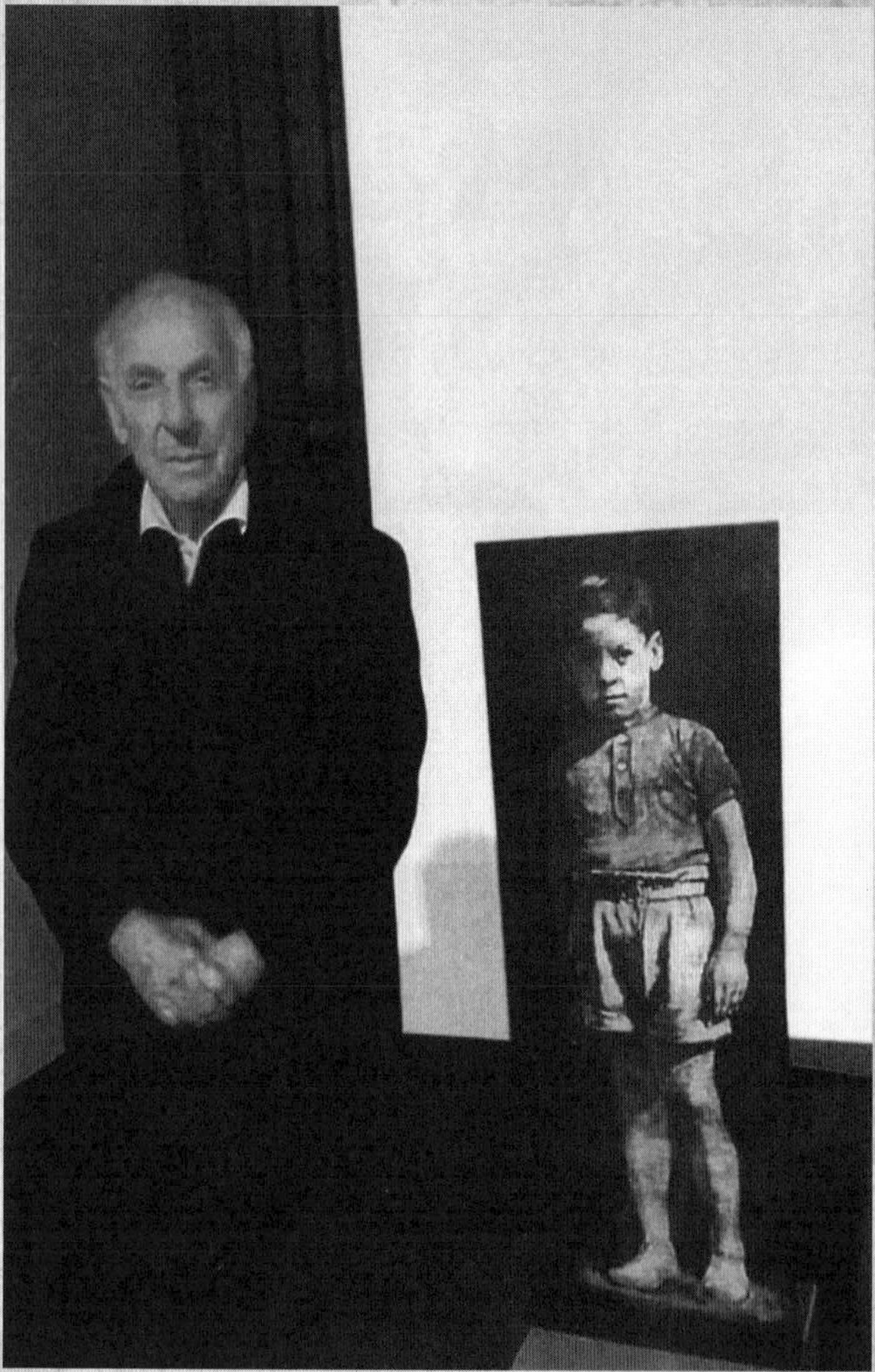

「ローマの〈エクス・マッタトイオ[*1]〉で開催《かいさい》されていた『1938年の子どもたち』という企画展《きかくてん》に行ったときのことです。展示《てんじ》を見てまわっていると、とちゅうで写真パネルが1枚《まい》だけ展《てん》示《じ》されている小さな部屋がありました。その写真を見たとたん、「これはわたしじゃないか！」と、思わず声に出して言いました。すると、たまたますぐ後ろにいたフランス人の写真家もたいへんおどろき、わたしに、パネルの横に立つようにと言いました。そして、この写真を撮《と》ってくれたのです」

エマヌエーレ談

*1〔元食肉処理《しょり》施設《しせつ》で、現在は大学や美術館などになっている〕

(右)エマヌエーレと著《ちょ》者《しゃ》のテア。〈亀《かめ》の噴水《ふんすい》〉前で。

(下)窓《まど》から外をながめるエマヌエーレとテア。この窓《まど》から、母ヴィルジニアはナチスの親衛隊がやってくるのを見て、そのしばらくあと、エマヌエーレ少年は、母がトラックに乗せられるのを見た。

訳者《やくしゃ》あとがき

　この物語は、第二次世界大戦中のイタリアで実際にあった出来事にもとづいて書かれたものです。主人公は、ローマのゲットー地区（ユダヤ人居住区域《くいき》）に暮《く》らす十二歳《さい》のユダヤ人少年、エマヌエーレ・ディ・ポルト。当時のヨーロッパでは、ナチス・ドイツの始めた反ユダヤ人政策《せいさく》により、それまで社会のなかにとけこんで暮《く》らしていたユダヤ人たちが、ある日を境に、とつぜん学校や仕事場から追放されるなどの差別が公然とおこなわれていました。しのびよる戦争の暗雲と理不尽《りふじん》なユダヤ人迫害《はくがい》におびえながらも、エマヌエーレは、家族といっしょに力を合わせてたくましく暮《く》らしていました。ところが、一九四三年十月十六日の早朝、ぎりぎりのところで保たれていた家族の暮《く》らしが、音を立ててくずれてしまいます。家族の心のよりどころともいえるお母さんがナチスの親衛隊に捕《とら》えられ、行方がわからなくなってしまうのです。このとき、ローマのゲットー地区では、エマヌエーレのお母さんを含《ふく》む一〇二三人（一〇二二人という説もあります）ものユダヤ人が捕《と》らえられ、アウシュヴィッツ強制収容所《しゅうようじょ》へと連行されました。そのうち生きて帰ってこられたのは、たったの十六人でした。

　間一髪《かんいっぱつ》のところで逃《に》げたエマヌエーレ少年は、路面電車に乗りこみますが、車両という狭《せま》い空間には、大勢の乗客が乗り降《お》りします。さて、エマヌエーレ少年はどうなってしまうのか。おそろしげな人たちが乗りこんでくるたびに、私《わたし》たち読者までがおなじ電車に乗り合わせたかのように、手に汗《あせ》をにぎり、エマヌエーレの無事を祈《いの》りながら読みすすめずにはいられません。

＊＊＊

第二次世界大戦中のユダヤ人の体験記と聞いて、まっさきに思いうかぶのが、『アンネの日記』ではないでしょうか。『アンネの日記』の作者、アンネ・フランクはオランダで、本書の主人公エマヌエーレはイタリアで、それぞれナチス・ドイツの迫害《はくがい》にあっています。ですが、二人の暮《く》らしぶりを比べると、大きなちがいがあることに気づきます。アンネがアムステルダムの隠《かく》れ家でひたすら人目につかないように二年間を過ごしたのに対し、ローマで暮《く》らすエマヌエーレは、街なかを自由に歩きまわり、ドイツ兵を相手にみやげものまで売っていました。おなじユダヤ人なのに、どうしてこれほどどちがうのでしょう。これには当時のイタリアをとりまく複雑な政治的状況《じょうきょう》が関係していました。みなさんの読書の道しるべとして、そのあたりの背景《はいけい》を、ここで少しご説明しておきたいと思います。

まず、イタリアを支配していたファシズムとはどんなものだったか。ひとことで言うと、ひとつの政党《せいとう》が主権《しゅけん》を握《にぎ》り、独裁《どくさい》的な政治をおこなう体制や思想のことです。このような政治の手法は昔からあったものですが、それに「ファシズム」という名をつけ、強い国家を目指すとうたったのが、イタリアの政治家、ベニート・ムッソリーニ（一八八三～一九四五年）でした（その思想に賛同する人々《ひとびと》は、「ファシスト」と呼《よ》ばれています）。

当時のイタリアは、第一次世界大戦で戦勝国となったものの、思うような豊かさを手にできず、国民のあいだでしだいに不満が高まっていた時期にありました。ムッソリーニは人々《ひとびと》の心情をたくみに利用し、武力で国をまとめようと訴《うった》え、ファシスト党《とう》の勢力を伸《の》ばしました。そして一九二二年に政権《せいけん》を握《にぎ》ると、独裁《どくさい》政治をはじめたのです。ムッソリーニのファシズムを手本としながら、さらに独裁《どくさい》色を強めたのが、ドイツでナチス党《とう》を率いていたアドルフ・ヒトラー（一八八九〜一九四五年）でした。ヒトラーは、強い国を作るには、アーリア民族の血を守らなければならないと主張しました（民族至上《しじょう》主義）。第一次世界大戦後の不況《ふきょう》にあえぐ国民の不満や怒《いか》りのはけ口が、なんの罪もないユダヤ人に向かうよう、あおりたてたのです。それだけでなく、一九三三年にナチス党《とう》として政権《せいけん》をにぎってからは、「絶滅収容所《ぜつめつしゅうようじょ》」と呼《よ》ばれるおぞましい殺戮《さつりく》施設《しせつ》を次々《つぎつぎ》と建設し、ユダヤ人に対しての組織的な大量虐殺《ジェノサイド》をおこないました。

このように、イタリアとドイツはどちらも独裁政権《どくさいせいけん》下で、強い国家をめざしていたものの、ムッソリーニは、ナチス・ドイツの極端《きょくたん》な民族至上《しじょう》主義にはあまり賛同していませんでした。イタリアに暮《く》らすユダヤ人には、熱心なファシスト党員《とういん》も多くいましたし、イタリア社会にとけこんでいる人が多かったからです。ですがイタリアは、アフリカ大陸で植民地を得るためにエチオピアに侵攻《しんこう》し、国際社会から非難《ひなん》を浴びたのをきっかけに、ナチス・ドイツと協力関係を築きはじめます。そして一九三八年には、イタリアでも「人種法」が制定されるのです。イタリアに住むユダヤ人は、教師や公務員、軍人といった公職につくことができなくなり、子どもたちは学校に通えなくなりました。さまざまな差別が生まれ、ユダヤ人の生活は大変厳《きび》しいものになりました。とはいえ、ムッソリーニはユダヤ人への反感をそれほど強くは持っていなかったので、ナチス占領《せんりょう》下にあった国々《くにぐに》とは異《こと》なり、イタリアではまだ残忍《ざんにん》なユダヤ人狩《が》りがおこなわれることはありませんでした。

状況《じょうきょう》が大きく変わったのは、一九四三年七月のことです。すでにはじまっていた世界大戦で、アメリカとイギリスを中心とした連合軍が、イタリア半島を南から北へと進軍しはじめたのです。このときムッソリーニ政権《せいけん》は、国内のクーデターによって倒《たお》されました。あらたに政権《せいけん》をにぎったバドリオ内閣《ないかく》は、連合軍に対する無条件降伏《こうふく》を受けいれたいっぽう、ナチス・ドイツに対して宣戦《せんせん》を布告します。ナチス・ドイツはイタリアの寝返《ねがえ》りに激怒《げきど》し、ローマと北イタリアを占領《せんりょう》、ムッソリーニを助け出し、北イタリアで、ファシスト政権《せいけん》によるイタリア社会共和国をたちあげさせます。

これにより、それまでは「イタリア王国＋ナチス・ドイツ」対「連合軍」の戦いだったのが、「ファシスト・イタリア＋ナチス・ドイツ」対「イタリア王国＋連合軍」の戦いとなっただけでなく、ナチス・ドイツの支配に反対する市民の武装《ぶそう》レジスタンス運動も加わり、イタリアは内戦のような状態におちいりました。ナチス・ドイツ軍はローマの南に防衛線を張り、北への進軍をめざす連合軍と激《はげ》しい戦闘《せんとう》をくりひろげました。同時に、占領《せんりょう》していた中部・北部イタリアでは、ユダヤ人迫害《はくがい》をおしすすめたのです。

エマヌエーレ少年の暮《く》らすローマは、ナチス・ドイツの占領《せんりょう》後、本書でも語られる十月十六日のゲットー地区襲撃《しゅうげき》や、アルデアティーネ洞窟《どうくつ》での虐殺《ぎゃくさつ》など、いくつもの悲劇《ひげき》ののち、一九四四年六月四日に連合軍によって解放されました。ですが、イタリアの北部の人々《ひとびと》は、その後一年近くものあいだナチスの支配に苦しみます。大勢のユダヤ人が強制収容所《しゅうようじょ》へと送られていっただけでなく、イタリア人市民も、残虐《ざんぎゃく》な行為《こうい》の被害《ひがい》にあいました。

一九四五年四月二十五日、ついにイタリア北部の都市、ミラノが解放されました。レジスタンス運動によって、イタリア人が自力でファシスト・イタリアから勝利をつかみとったのです。その三日後に、ムッソリーニは処刑《しょけい》されました。ドイツでもヒトラーが自殺し、ファシスト・イタリアは連合軍に降伏《こうふく》、五月二日にようやく国内すべての戦いが終わりました。

＊＊＊

多くの人に助けられ、過酷《かこく》な時代を生きのびたエマヌエーレさんは、九十歳《さい》をこえた現在もなお、ゲットー地区のおなじ家で暮《く》らし、各地の学校などをまわっては、自らの体験を語り伝える活動をしています。そんな彼《かれ》のストーリーが、作家のテア・ランノさんの目にとまり、若《わか》い読者のための読み物としてまとめられたのが、この『命をつないだ路面電車』です。イタリア語のタイトル（Un tram per la vita）を直訳《ちょくやく》すると、「生へとつながる路面電車」といった意味になります。当時、多くの列車が、死の待ち受けるアウシュヴィッツの強制収容所《しゅうようじょ》へと大勢のユダヤ人を運んでいました。そんななかで、一人のユダヤ人少年の命を救った電車もあったことを忘《わす》れないでほしい。タイトルには、そんな願いがこめられています（イタリア語では、「命」も「生」もおなじvitaという単語です）。

イタリアでは、エマヌエーレさんの物語は、絵本や漫画《まんが》にもなっています。いまや数少ない当時の生き証人となった彼《かれ》のお話からは、罪のない市民を苦しめ、子どもが子どもらしい時間をすごすことさえ不可能になるのが戦争なのだということが、痛《いた》いほど伝わってきます。そして、どんなにつらいときでも下を向くことなく、救われた命を大切にしつづけたエマヌエーレ少年の姿《すがた》に、わたしたちははげまされるのです。いつの時代であっても、民族や宗教《しゅうきょう》の違《ちが》いを理由に相手の存在《そんざい》を否定《ひてい》することがあってはなりません。自身の身に危険《きけん》がおよぶこともかえりみず、少年に救いの手を差しのべた名もなき市民がいたという事実は、周囲に流されず、自身の目で物事を判断することの大切さをわたしたちに教えてくれます。

　歴史を知り、いま世界の各地で起こっている出来事と照らし合わせてみると、なぜ私《わたし》たち人間は過去から学ぼうとせず、おろかな戦争や殺戮《さつりく》をくりかえすのだろうかと、どうしようもなく悲しい気持ちになります。

「もし、自分にできることがあるなら、まずはそれをすること。小さなことでもいい、ひとりひとりがなにか行動すれば……」という路面電車の車掌《しゃしょう》さんの言葉は、そんな現代に生きる私《わたし》たちへの貴重《きちょう》なメッセージでもあるのではないでしょうか。

二〇二四年春

関口英子
山下愛純

イタリア半島

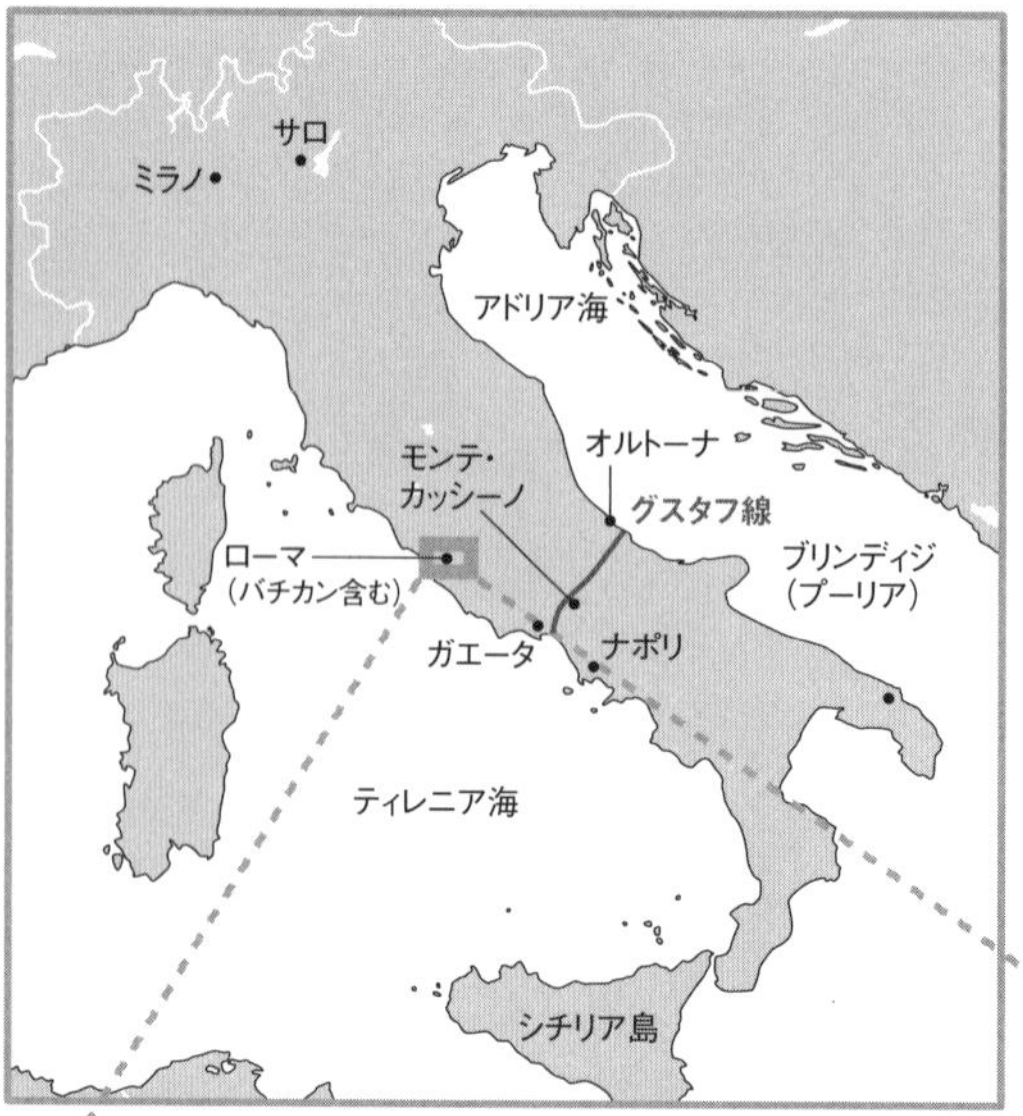

MAP

※北の国境線は
1943年当時のもの

本書に登場する主な地名

- ● 都市名
- 路面電車の停留所
- ゲットー地区
- ○ 建物・地区・名所など

ローマ市街

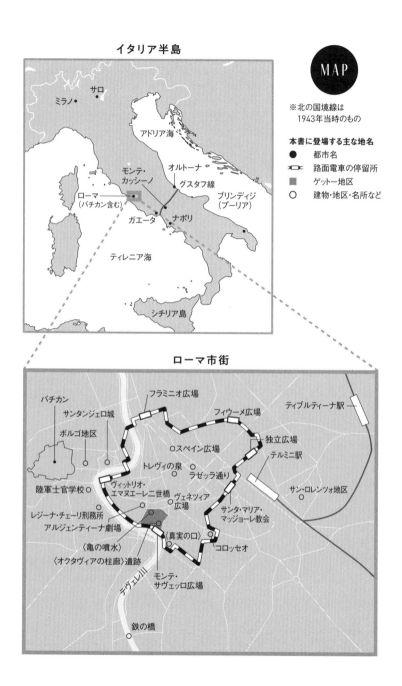

謝 辞

以下の方々《かたがた》に心より感謝いたします。
エマヌエーレ・ディ・ポルトを探《さが》しだしてくれた、友人であり、
司祭のルーカ・バンディエーラ。
エマヌエーレの携帯《けいたい》番号を教えてくれた、ルーカの友人、アンジェラ・ポラッコ。
エマヌエーレの物語を本にしたいというわたしの思いを実現してくれた、
エージェントのマリア・パオラ・ロメオ。

写 真 の 出 典

巻末《かんまつ》付録の208,209,214ページは、エマヌエーレ・ディ・ポルト氏の好意により、私的《してき》な写真を掲載《けいさい》させていただいた。213,215ページの写真は著者提供《ちょしゃていきょう》。

その他のクレジットは以下の通り。
210ページ：（上）Istituto Luce/Gestione Archivi Alinari, Firenze
（下）Archivi Alinari,Firenze
211ページ：（上）Archivio Bruni/Gestione Archivi Alinari, Firenze
（下）Cinecittà/Luce Scala, Firenze
212ページ：Archivio Luigi Leoni/Archivi Alinari

文／**テア・ランノ**（Tea Ranno）
イタリア、シチリア島のシラクーサ生まれ。小説家。代表作に『L'amurusanza（慈愛）』、『Terramarina（テッラマリーナ）』、『Gioia mia（わたしの喜び）』（いずれもモンダドーリ出版）などがある。2008年にキアンティ賞、2021年にはエリチェ文学賞を受賞。ピエンメ出版より、『ベリッシマ』も刊行。

訳／**関口英子**（せきぐちえいこ）
イタリア語翻訳家。おもな訳書に、パオラ・ペレッティ『桜の木の見える場所』、ジャコモ・マッツァリオール『弟は僕のヒーロー』（以上、小学館）、ジャンニ・ロダーリ『チポリーノの冒険』（岩波書店）などがある。『月を見つけたチャウラ　ピランデッロ短篇集』（光文社古典新訳文庫）で、第一回須賀敦子翻訳賞受賞。

山下愛純（やましたあずみ）
イタリア語・英語翻訳家。東京外国語大学卒。訳書に、アンドレア・ヴィターリ『すてきな愛の夢』（シーライトパブリッシング）、イアン・レンドラー『寓話に生きた人イソップ　その人生と13の物語』（化学同人）がある。

命をつないだ路面電車

2024年7月15日　初版第1刷発行

著　テア・ランノ
訳　関口英子・山下愛純

発行人　野村敦司
発行所　株式会社小学館
〒101-8001　東京都千代田区一ツ橋2-3-1
電話　編集03-3230-5416　販売03-5281-3555

印刷所　萩原印刷（株）
製本所　株式会社若林製本工場

ISBN978-4-09-290670-9

ブックデザイン●鳴田小夜子　装丁イラスト／挿し絵●カシワイ
制作●友原健太　資材●斉藤陽子　販売●飯田彩音　宣伝●鈴木里彩
編集●喜入今日子